贺中建二局三公司七十周年

爱的远行

苏星曜

爱的远行

中建二局三公司云南彝良支教随想录

中建二局第三建筑工程有限公司 编

中国工人出版社

序言

爱的桥梁

2022年是中国建筑集团有限公司（以下简称中建集团）组建40周年。回首过去，中建集团赓续红色血脉、传承红色基因，始终把企业改革发展融入党和国家事业大局，将中建梦融入中华民族伟大复兴中国梦，以永不懈怠的精神状态和一往无前的奋斗姿态，勇于改革创新、推进高质量发展，目前已经成为全球最大的投资建设集团。

七十年薪火相传，四十载砥砺奋进。从新中国成立初保家卫国到投身“大三线”建设，从改革开放创造“深圳速度”到新时代代言“雄安质量”，从倾情服务国家战略到投身“一带一路”建设，从举全集团之力建设火神山、雷神山医院到助力脱贫攻坚、推动乡村振兴，广大中建职工不忘初心、牢记使命，坚持与党同心、与人民同行、与时代同步，彰显了央企职工的责任与担当。

一代人有一代人的历史使命。在刚刚打赢的脱贫攻坚战中，就有这么一群中建的年轻人，他们因梦想而出发，因责任而担当，远赴云南昭通彝良，青春接力“青橙筑梦计划”，架起了木龙小学与中建集团爱的桥梁，用知识充实山区孩子们的内心世界，用爱心圆梦“微心愿”，用行动点亮了希望之光。

本书记录了党的十八大以来，中建二局三公司13名职工义务帮助山区孩子“有所依、有所教、有所乐”的筑梦征程和心路历程，讲述了他们在艰苦的环境中上课、家访、玩游戏……帮助500多名贫困儿童“出山”看世界的美好与艰辛，见证了我国决战决胜脱贫攻坚的伟大成就。

希望我们的“青橙筑梦计划”始终延续，有更多的职工和爱心人士加入筑梦团队，以实际行动践行“拓展幸福空间”的企业使命，在实现中华民族伟大复兴中国梦中绽放灿烂之花。

中建集团工会副主席、党建工作部副主任 刘晓

青橙筑梦计划

“青橙”的发端是一个人的梦，“筑梦”的尽头是洒满山区的星。

“青橙筑梦计划”是2015年5月中建二局三公司团委，感于公司青年女职工李莹主动提交离职申请，前往云南义务支教的善举而发起的爱心支教计划。该计划由公司团委以红头文件行政下发的方式，从选拔、竞聘、责任、权利、义务等多个方面规定，每半年在8个区域的2800多名青年员工中，通过竞聘演讲的方式，择优选取一名优秀的青年员工代表，前往云南木龙小学进行义务支教。

木龙小学，原名双河小学，位于云南省昭通市彝良县。该县地处云、贵、川三省交界，属于国家级贫困县，交通条件差，土地贫瘠，经济结构单一。学校的学生基本都是附近山里的孩子，大部分学生的家庭都非常贫困，并且有一半左右是留守儿童，其中特困生就有30多个。

前往支教的老师带去的不仅是知识，还有一份担当。在艰苦的条件下没有一位老师退出，反而将知识最大化地输送给孩子们。在之前仅能开设语文和数学课程的师资匮乏情况下，每位老师发挥特长，主动为孩子们开设美术、音乐、体育等课程，丰富孩子的业余生活，促进孩子们形成了健全的人生观、世界观和价值观。

“筑梦计划”是一份担当，也是一份传承，8年时间里，先后有13位老师前往彝良县支教：

2014年3月，中建二局三公司青年女员工李莹个人发起支教善举，并得到公司支持，点燃了公司“筑梦”的火苗；

2015年9月，中建二局三公司天津分公司青年员工李宏泽前往云南省昭通市彝良县木龙小学（原双河小学被拆分成木龙、高坎两个小学，李宏泽被安排到木龙小学，后续都是在木龙小学支教），成为义务支教第二人。

2016年3月，中建二局三公司华南分公司青年员工程彦杰，成为义务支教第三人。

2016年9月，中建二局三公司武汉分公司青年员工苗壮，成为义务支教第四人。

2017年3月，中建二局三公司西南分公司青年员工李勇，成为义务支教第五人。

2017年9月，中建二局三公司西北分公司青年员工冯恩迪，成为义务支教第六人。

2018年3月，中建二局三公司基础设施分公司青年员工王羽，成为义务支教第七人。

2018年9月，中建二局三公司直营业务部青年员工陈聪，成为义务支教第八人。

2019年3月，中建二局三公司华南分公司青年员工徐朴，启程前往云南彝良双河小学，成为义务支教第九人。

2019年9月，中建二局三公司天津分公司青年员工何国军接过接力棒，成为第十任支教老师。

2020年9月，中建二局三公司西北分公司青年员工权鑫接过接力棒，成为第十一任支教老师。

2021年3月，中建二局三公司西南分公司青年员工常乐接过接力棒，成为第十二任支教老师。

2021年9月，中建二局三公司基础设施分公司青年员工雷金武接过接力棒，成为第十三任支教老师，现已圆满完成支教任务，返回工作岗位。

从2014年至2022年初，13任支教老师陪孩子们度过了8年的光阴，他们所执教班级的孩子也从一年级升到了六年级。他们见证了孩子们的成长，也延续了孩子们的希望与梦想。

8年的时间里，筑梦计划累计向学校捐款捐物70余万元，学生们有了新操场、篮球场、投影仪、课桌椅、热水器、过冬的棉衣、文具书包、图书角等，教学环境得到了很大改善。除了13任支教老师外，公司还先后有60余名员工前往学校送去关怀和关爱。

8年的时间里，这些孩子们从一开始的不愿意学、不想学，慢慢通过支教老师的努力付出，变得开朗活泼起来，也更爱学习，更爱说笑了，班级平均分、及格率普遍提高，在最近两年里也无一人辍学（往常每年都会有几名孩子辍学，支教老师因为孩子辍学的事情曾多次到学生家中家访，劝说家长）。

8年的时间里，无论条件多么艰苦，路途多么遥远，公司每年都会组织数名志愿者前往学校与孩子们共度六一儿童节、元旦等重要节日，送去礼物、慰问演出等，努力不缺席孩子们成长的关键节点。

老师们在支教期间开展的“爬山式家访”“七十二颗北极星”“点亮微心愿”等活动，给木龙小学的孩子们在成长道路上留下了美好的回忆。

8年的时间里，13任老师，三公司用坚持和责任见证着木龙小学的发展。教育基础设施不断完善，孩子们在不断成长，但始终没有变的是三公司青年员工前赴后继前往支教的决心。

中建二局三公司团委

2022年2月

目录

青橙十三行

有意义的旅行（李　莹）　002
逆流的爱河（李宏泽）　015
爱的远行（程彦杰）　026
听听那年雨（苗　壮）　039
永不褪色的纪念册（李　勇）　048
有方向　在路上（冯恩迪）　056
从受助、自助到助人（王　羽）　066
七十二颗北极星（陈　聪）　076
心　迹（徐　朴）　086
美丽的山　可爱的人（何国军）　102
青山深处记星繁（权　鑫）　118
“彝”路前行（常　乐）　128
以文铭心　不逝于风（雷金武）　136

世界如你，绚烂斑斓

志愿之路　“余爱”以行　160

彝良印记　162

晨　光　167

月光下　168

山　景　169

晨醒卧看山　172

有你的路，每一步都是风景　174

必然的选择　176

教育，一定要做点与教学无关的事　178

下一代希望　182

重要的和更重要的　185

书的寄言　190

劝　读　191

露珠的寄言 194
当我告诉你好好读书的时候 197
晚　饭 199
课　上 200
问　题 201
洗　发 202
语文园地 203
默　写 204
哥 206
他让我想起了某些人 207
四年级 208
考　验 209
长大后我成了你 210
回　家 211
广　告 212
中秋节 213
互　黑 214
同道中人 215

桂花雨 216

家　访 217

善意的谎言 218

怀　念 219

牧羊少年 220

听　写 221

级　别 222

患难见真情 223

素未谋面 224

发作文 225

天　机 226

教　材 227

人物形象 228

我的逻辑 229

“流泪”的排骨 230

口头禅 231

可　爱 232

汉　堡　233
脚　印　234

殷切寄语

我希望你独具一格　238
游　戏　240
执　着　243
美　246
追　求　248
生　命　251
意　义　253
考　试　254
友　谊　257
笑与泪　261
日　记　263

思　想　264

成　长　265

时　间　267

苦　痛　269

豁　达　271

过　错　272

爱　274

书　别　276

明天你是否还会回来　279

如果有一天我突然离去　281

假如明天我真的不见　283

我只能静静看你走远　284

那些云，那些人　285

和你们一样的童年　286

告　别　292

最后一些诉心的话　297

后记　洒向人间的爱　303

青橙十三行

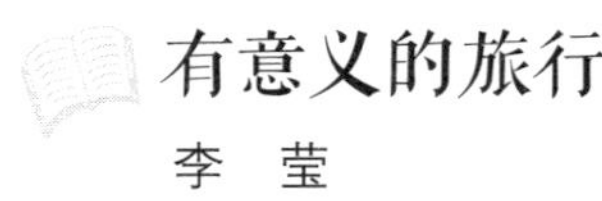

有意义的旅行

李　莹

每个人最开始选择去支教的目的可能是不相同的，有人是为了寻找生活的意义，有人是为了实现个人的价值，有人是为了体验乡村生活，也有人是为了博得好名声，还有人是为了逃避现实……

我是为何而去的，始于一种冲动吧。

2013年在云南旅行的时候，我认识了一些做义工的朋友，了解到彝良县是国家级贫困县，那里的山区学校条件非常艰苦，很多学校只有几位老师。义工朋友也给我发来了很多当地孩子的照片，他们那种单纯朴实的眼神深深地打动了我。此后，一种冲动驱使着内心，它让我想去体验那种生活，去认识那里的孩子，并做一些有意义的事。只是这种意识的深层含义我并没有想得太清楚，就当作青春年华的一次旅行吧。

我总觉得人生如果没有这样一次旅行，生命会有所缺憾。

因此，2013年底，我向公司提出离职。公司领导在听取了我的想法之后，不但支持我支教的想法，还为我保留了职位。2014年初，我只身来到云、贵、川交接处的大山里。说来也奇妙，后来的第十三任支教老师，那时还在几百公里外读初三。

支教的小学位于两条河流交汇处的双河村。这里只有一条简陋的街道，村民的房子沿街而建。小学建在山脚下，是一栋砖混的三层小楼，从外观看已经很残破，大部分门窗都是破损状态，墙面上还有很多裂缝。当地老师介绍说，因为2012年彝良的大地震，房子的墙体产生了部分裂缝，还能将就着使用。学校有200多名学生，我的到来引起了他们的好奇，可能是因为我奇异的打扮（当时穿着冲锋衣、背着登山包，一副户外登山客的造型），也可能是因为第一次见到陌生人（我是去那里的第一个支教老师）。我能感受到孩子们躲在远处观望的眼神中的那种好奇与腼腆。

这就是我要支教、生活的地方了，还不错。这是我当时的第一个想法。

第一节课，从游戏开始

第一天到双河小学报到，雷文荣校长给我安排了住宿，然后就是到学校熟悉情况。孩子们充满好奇地看着我，觉得我这个新来的老师哪里都是新鲜的，值得一提的是，我还是村里唯一一个说普通话的。

雷文荣校长安排我接替他教五年级的数学，一班很调皮的孩子。试着听了雷校长的一节课，我还记得我当时是坐在一个很白净的男孩边上（后来才知道他是班上最调皮的一个学生）。那时候，他们刚开始学因数和倍数，说实话，课程挺无聊的。我一边听课一边想着如何给他们上好第一节课，最好能一下子引起他们的兴趣，不让他们觉得陌生。

下课铃响了，雷文荣校长回到了办公室，安排下节课开始由我接班。貌似过渡得很快啊。雷校长一走，就有几个孩子围过来问我是做什么的，更多的孩子则是偷偷地看着、听着我们说话。我告诉他们我是来支教的老师，接替雷老师教他们数学。听到这个消息，那几个孩子表现得很高兴，这顿时就消除了我心中那一点点的紧张情绪（感谢雷文荣校长一直比较严厉的教学方式，让孩子们都很怕他，哈哈）。

上课铃响，孩子们陆续回到座位。我的课开始了，我给每个人先发一张写着数字的卡片。我跟他们说先做个小游戏，每个人要记住自己的卡片上的数字，我提问题，当我喊2的倍数的时候，所有拿着是2的倍数的数字卡片的同学要站起来。大家监督，做错了的同学要接受惩罚（做三个蹲起）。班里一下子就热闹起来了。

头几轮的时候，有几个孩子还不太明白规则，受罚的时候引得大家哄笑。慢慢地，大家越来越投入，在我问问题的时候也听得越来越认真，受罚的人也越来越少。就这样一节课很快过去了，我们好像一瞬间就变成了熟悉的朋友。

下课了，大家会围着我问东问西，叽叽喳喳的。

第一次家访，直面贫困的生活

其实，最开始并没有准备家访，我只是受了几位上海姐姐的委托，帮她们选些品学兼优的贫困生进行资助。这才开始了我的家访之路。我的计划是把学校登记的贫困生档案都重新整理一遍，然后为了多了解孩子的情况，又决定把我带的班级的所有孩子也加进家访名单中，加起来有七八十人。

第一个家庭就在学校对面，两个孩子，哥哥上六年级，弟弟上二年级。父母都没有上过学，父亲因为修电路被高压电电伤正在治疗，丧失了劳动能力。母亲靠在村子里做些小生意维持家用。他们借住在亲戚家的房子里，只有一个房间，一家人挤在一起，陈设很简陋。当时，是班里的孩子带着我去的，说明了来意之后，慰问了几句，拍了几张照片就算结束了。

虽然我表现得很平静，但心里触动还是挺大的。因为我是第一次这么直观地面对贫穷和苦难。他家的孩子在学校表现得其实并不好，班里的孩子跟我说他们兄弟俩成绩都很差，弟弟还算老实，哥哥却经常打架。其实，在这样一个为生活而挣扎的家庭中，谁还会去关心孩子的成长呢？这样的现状，我是无力改变的。也许，我只是个路人，能施舍的只有同情，而同情并不是他们需要的。也许，我只能用文字记录下这些现状，然后期待有一天他们能获得帮助。之后，我又陆陆续续地走访了很多家庭，有单亲的，有父母外出务工，把孩子留给老人照顾的。每个家庭都有自己的故事，每个孩子也都有自己心中的一片灰色天空。

我无法解释这种现状是什么原因导致的，能做的也微不足道。在这些贫困生中，学习成绩优异、听话懂事的并不多。这些孩子大部分都是在没有足够关爱的情况下长大的，他们的心理需求可能永远都无法满足。在无人引导的情况下，他们只能独自在黑暗中摸索着成长的道路。我希望教授的知识他们能学会，哪怕只记住一句乘法口诀也好；我希望讲的道理他们能听懂，哪怕只明白一句也好；我希望能给他们一点点希望，哪怕只是照亮一小片天空也好。

第一次春游，学抓螃蟹

第一次组织集体活动，我带领班里的孩子们去春游。周末时，别的老师都回家了，只有我一个人在学校，除了家访之外，确实也无事可做。于是，我和孩子们约好去春游。其实也不是很远，我们只是走了差不多一个小时的山路。班级的孩子大部分都到了，这让我很感动。

我买了一大包零食，大手牵小手，小手牵小手，出发啦！油菜花开，溪水潺潺，还有大家的欢声笑语相伴。大山里的生活条件虽然艰苦，但是自然环境绝对纯净，真正的纯天然无污染。孩子们都是在这山沟沟里玩耍着长大的，所以一直由他们带路。

我们在油菜花田里拍了好多照片，然后穿越小河，在河岸边的大石头上午休，吃零食。有一个小女生偷偷地跑来和我咬耳朵说班级里的小秘密，然后又被另一个害羞的女生追着跑了。班级里一个调皮的男生说：“李老师，那边山沟里面有螃蟹，我们去抓吧。”“螃蟹？在山里？从来没见过啊，”我的好奇心被勾起来了，“征求一下大家的意见吧，谁想去抓螃蟹啊？全票通过，那我们就出发。”

于是，一行人蹦蹦跳跳地来到了一块田边，那是一块建在山坡上的梯田，边上有一条由高处流下的小水沟。孩子们说就是这里了，于是开始抓吧。孩子们争先恐后地跑到小水沟边占据有利地形，然后就开始搬石头、翻泥土。这架势把我看蒙了，土里竟然有螃蟹？我也学他们试着搬了几块石头，却什么都没有发现。这时候，一个男生突然大喊："我抓到了！我抓到了！"其他人都抬起头看他。只见他小心翼翼地捧着个东西就向我跑过来，到我面前把手打开，说："李老师，你看！"好家伙，大拇指甲盖那么大的一个小螃蟹正在他手上爬呢。这是我第一次看见生长在山里的螃蟹，那么小的一只，和我在老家吃的大河蟹、大海蟹完全不同。其他的孩子也过来看，然后就更卖力气地搬石头、翻泥土去了。一个下午，我们抓了好多螃蟹，可惜都是孩子们抓的，我一只都没抓到。这个美丽的周末在一片笑语中结束了。其实，孩子们在大山里的生活是充满乐趣的，是那些生活在城市里的人体会不到的最简单、最自然的乐趣。

就这样，我的支教生活在一次次尝试中进行着，第一次学习备课，准备教案，虽然小学的知识点并不难，但是要让基础差的、平均分只有三十几分的孩子们都听懂，还是很考验老师的；第一次去小河里洗衣服，河水冰凉，缓缓流过，衣服在河流中起舞，舞出一段美丽的惊鸿；第一次摸黑打着手电筒上厕所，一边听着隔壁猪的小夜曲，一边看头顶蜘蛛辛勤地结网；第一次春游，在油菜花田中留下一张张美丽的笑脸；第一次在小溪边抓螃蟹，抓还没从冬眠中睡醒的青蛙；第一次因为学生调皮被气哭，然后收到孩子们的安慰和道歉；第一次摸底考试，面对惨烈的成绩，第一次感到了压力山大；第一次家访，翻山越岭的求学路，我也一样走一遍，家徒四壁的场景原来这么真实震撼；第一次收到学生从高山采下送给我的山茶花，美丽的花朵在课桌上摇曳成一道美丽的风景，有远处山间的云雾，映衬着孩子们天真的笑脸。

我对这里了解得越多，就越为这里的孩子们的未来担心，担心如果他们不好好学习还有什么其他的出路，可是好好学习又谈何容易！这些地方教育水平的落后，是一代代积累下来的，大多数孩子的父母没怎么上过学，为了维持生计，只能外出务工。对于只会写自己名字的人来说，外出务工也只能干一些工资极低的体力活。这里的留守儿童占学校学生数量的70%以上，他们在成长过程中得不到完整的家庭教育以及父母的陪伴。支教期间，我走访了一百多名学生的家庭，了解到很多故事，有心酸的，有感动的，也有无奈的。很多孩子的成长，是在孤独中一步步摸索出来的。

我清楚，像他们这样的孩子在偏远的山村有很多，这样的故事也有很多。我们都知道原生家庭对一个人的成长到底有多大的影响。那些性格中的自卑、懦弱、胆怯，对爱的过度索取和恐惧……一切都能从童年中找到影子。父母是我们的第一任老师，他们教会了我们如何去感受生活，如何去爱，如何去与人相处。如果在一个孩子的成长过程中，父母的角色长期缺失，那么他们的心理防御机制会自动在生活中选择能替代父母的角色。可能是照顾他们成长的亲人，也可能是他们的老师，因为老师是与他们接触时间最长的人。所以，面对这些留守儿童，我知道了自己存在的意义。也许我不是一个合格的教育者，但我尽力扮演好一个陪伴者的角色，在他们漫长的成长过程中，陪他们走一小段温暖的路，给他们的心灵点上一盏光明的灯，即使火光微弱，也能照亮一方天地。

我想帮助他们更多，却无奈自己能力有限。我希望每一个孩子都能有快乐开心的童年，而事实是，无论我怎样努力，也弥补不了他们心里的缺失。不过，我真心地付出总会有一些回报。我尝试着与孩子们的家长沟通，告诉他们学习的重要性；我尝试打开孩子们的心门，走进他们的内心，去引导他们更自信地面对生活。我可以教育他们学习更多的知识，树立更远大的目标。我告诉他们大山外的广阔世界，只要他们努力就可以去闯荡出一片天地。我想自己已经找到了来到这里的意义。

我支教的学期结束后，公司发起了“筑梦计划”，把双河村木龙小学定为了定点帮扶的学校。公司每年都选派优秀的青年员工到那里支教、捐赠物资、帮扶贫苦学生，给山区的孩子们送去温暖。截至目前，这个活动已经持续了八年，以后还会持续下去。虽然一个人的力量有限，但是只要背后还有类似中建二局三公司这样肩负着社会责任的企业，还有很多社会上的爱心人士，只要大家都能行动起来，关爱山区的留守儿童，为他们送去一盏盏爱的明灯，陪伴、照亮他们一段前进的路程，哪怕对他们的人生只有一点点改变，就是有意义的事。

一个人的爱虽然很微小，但是如果能把这份爱传播出去，那么爱就会像滚雪球一样越来越大。

支教既不伟大，也不崇高，却很有意义。它的意义是当我看见孩子们真诚的笑脸，当我听到那一声声李老师的时候，内心产生的满足感。支教让我重新认识了自己的价值、肩负的责任。这种责任感并不同于我们对家庭、对工作的责任，而是一种更大的责任、一种对社会的责任。我们每个人都有责任，为让这个世界变得更加美好而奋斗。

1 2
3 4

1. 下课后和孩子们一起

2. 和孩子们一起抓螃蟹

3. 和女孩们拍照

4. 师生合照

李莹，“青橙·筑梦计划”第一任支教老师

支教时间：2014年3月至2014年8月

曾获得：

2013年　中建二局明星师徒

2014年　云南省荞山乡最美支教老师

2015年2月　获得中建二局三公司“2014年度创先争优系统工程优秀青年志愿者”称号

2015年6月　获得中建二局三公司党委“2013—2014年度创先争优系统工程优秀共产党员”称号

2015年7月　获中建二局党委“最美二局人”荣誉称号

2016年3月　获得共青团中建二局委员会“优秀青年志愿者”称号

2016年3月　获得“北京市三八红旗奖章”

2017年8月　获得中建二局三公司建企65周年“筑诚楷模”荣誉称号

2020年　获得全国农村留守儿童关爱保护“百场宣讲进工地活动”“最美志愿者”荣誉称号

2021年4月　被中华全国总工会授予“全国五一巾帼标兵”称号

2021年4月　被评为上海市工程建设质量管理协会“2021年上海市工程建设QC小组活动先进工作者”

现任岗位中建二局第三建筑工程有限公司华东分公司上海火车站北广场商办项目技术总工

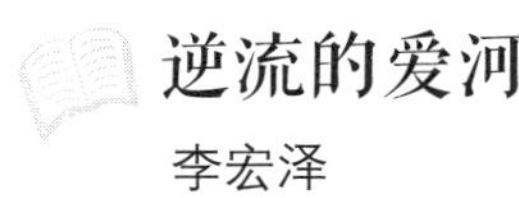

逆流的爱河

李宏泽

从中国东北冰城哈尔滨到西南小城云南彝良，整整四天的路途，一路走来，不断变化的风景就像一部纪录片，向我介绍着中国的多样地貌。

列车到达昭通之后，又经过两个小时的颠簸，才从昭通到达彝良。潘修明校长接待了我，并向我介绍了学校的现状。原双河小学拆分成木龙、高坎两个小学后，我被安排到木龙小学。那里虽然是新建的校舍，但是三个班级只有三名老师，每天所有科目的全部课程都要由一名老师负责。

周一时，木龙小学三名老师之一的杨茂华接我上山。去之前，杨老师购买了很多厨具和食材。山上的小学刚刚建好，食堂还没开始做饭。杨老师作为一名女同志，不仅要住在学校，还要亲自做饭，这让我深感作为一名偏远山区老师的不容易。

上山路上的沿途风光很美，崇山峻岭，地势险要。适合当地人耕种的土地在河谷地带，仅有一小块可以种植一些经济作物。并且，当地人住的房子都在半山腰，每天劳作都要上山下河，耕种的难度可想而知。

我们走到一半的时候，就没有了硬化的道路，部分路段还在施工，车辆也无法正常通行，最危险的地方，车辆行驶在泥泞的道路上，距离山崖边只有一米多。尽管如此，车辆还要开足马力才能上山。这条危险的道路，也是孩子们上下学时的必经之路。

经过三个小时的颠簸，我终于到了木龙小学。前后加在一起，我用了一周的时间才从哈尔滨来到木龙，从中国的东北来到中国的西南。当看到当地的情况、领略沿途的见闻时，我就知道这次来对了。

杨老师觉得我的普通话说得不错，就让我教一年级的语文课。我是学理科的，同时还要教一些自然科学课。这些对我来说都是挑战。刚走进教室，在同学们一声“老师好”的问候后，就是满耳的吵闹声。刚上小学的孩子，根本不知道怎么上课，我只能慢慢地引导他们，但效果并不好。

下午，老师们组织了全校的学生清理操场上的垃圾。孩子们把这当作乐趣，特别兴奋，越是调皮的孩子干劲越足。可当我表扬他们时，他们却又腼腆起来。我们清理垃圾时用的手推车太重，下坡时孩子们拉不住，只有我块头大，可以拉住。我怕碰伤了孩子，不让他们用手扶，但他们还是跟着我来来回回地跑了好几趟。

第二天的课程照常进行，我开始熟悉孩子们的脾性。学生们终于开始试着学习了，他们不光自己学习，还会帮助别的同学。看到有别的同学不会的时候，学会的孩子会特别着急，下课了就主动去教。

这里的教育工作不是很好开展，学校硬件设施匮乏，没有现代化的教学设备，老师只能靠最原始的方法讲课。一年级的孩子们没有上过学前班，刚来时不知道怎么上课，连怎么坐着也不知道，都需要老师从头教起。

这里老师的工作涵盖了更多内容，工作量有时要比城市里的老师多不少。每到周末，老师们会赶周五下午的班车下山。由于下雨山路太泥泞，班车到不了小学，需要步行很远的一段山路去等车。这段路并不好走，对于没怎么走过山路的我来说，确实是一段艰难的路程。小路狭窄陡峭，旁边就是几米深的山涧，稍不注意就可能发生危险。但是，和我同行的两名女老师却走得很从容，可见她们是走过多少次山路，经过多少次涉险才能回家。老师们说，自己心里也有过不平衡，但是既然选择了这个职业，就要努力做下去。我很佩服老师们的勇气和毅力。志愿者来这里的时间是有限的，当地的老师们却可能在这里完成他们毕生的事业，他们的选择值得每个人尊敬。

有一次周末，我参加当地中心学校校长潘修明校长（2014年人民网社会十大公益人物）创立的彝良点滴公益助学公益活动。我和潘校长下乡走访困难家庭，与孩子们面对面地交谈，走进孩子们的内心，也和孩子的家长沟通，说服他们让孩子们将学业坚持下去。同时，我们建立困难家庭档案，记录这些家庭需要什么，将手里的公益资源尽可能地发挥最大的作用，并为一些特殊困难家庭送去物资，给没有收入的家庭送去一头牲畜。

在走访过程中，令我最揪心的是了解到一户困难家庭中有一名白血病患儿，穷困已让家庭举步维艰！我的力量是渺小的，却也想尽绵薄之力，于是决定个人资助这个家庭。并且暗自许诺，如果这个孩子不能治愈，我也一定会长期帮助他的姐姐完成今后的学业。

经历了这些走访，我感觉脚步沉重，心情也沉重，一个又一个困难家庭震撼着内心。于是，我想将这些天的见闻、学校的情况，用新闻、照片、视频等形式传递出去，以此呼吁外界的爱心人士关注这里。

在公司和各界爱心人士的帮助下，半年时间里，新旧衣物、图书、生活用品，还有冬天给孩子们在学校使用的取暖设备，以及为孩子提供热水的即热式电热水器，不断地从山外运进来。望着山下那条蜿蜒流向山外的河，这些运输物资的车和满车的爱何尝不像逆流的水，滋润着山区孩子的生活和心灵。

有一次从县里取物资的时候，由于东西太多，班车装不下，不得不请司机师傅帮忙捆到车顶的行李架上，这个过程费了很大的力气。车上的旅客都纷纷好奇地询问我这是什么，当知道这是捐给孩子们的衣服的时候，大家纷纷感叹：“真多啊，有了这些衣服，孩子们再也不怕冷了。”大家都对捐赠物资的爱心人士表达了感谢。当听到这些话，得到人们的肯定时，我想任何人都是激动的。在大家谈论的过程中，司机师傅也表示，既然是给孩子们捐赠的衣服，坚决不会收取车费。司机师傅的表态也是对我们的一种支持。我想正是我们的行为引起了他人的共鸣，并能带动大家慢慢地参与到这项公益事业中来。

虽然物资丰厚，但分发和使用我也不敢大意。我购买的四台电暖炉、一台开水器都是电器产品，在使用过程中稍不注意就容易出现问题、造成伤害。我便先将电暖炉和开水器的安全质量手册和使用功能研究透彻，然后将操作规范教给孩子们，并再三叮嘱他们要注意安全。

冬天上课的时候，每个班级都用上了电暖炉。但我还是跟孩子们反复强调了使用电暖炉需要注意的事项，防止给好奇心重的孩子们带来危险。听了我的讲解，孩子们也知道了怎样安全使用这些电器。于是，每次下课后都有好多孩子来烤火，不知道他们是好奇贪玩还是真的感觉冷。我也是寸步不离，一直盯着孩子们，有的孩子还跟我说要带些坚果，烤给同学和老师吃。小小的电暖炉给孩子们带来了温暖和快乐。

衣服也是一到就想着尽快发。山上的气温降低后，有的孩子还穿着秋季单衣，多耽搁一天，孩子们就会多挨冻一天。一次周一放学后，我组织了一个简单的发放仪式。在学校老师的帮助下，我们简单地布置了活动现场，然后就组织孩子们排队，开始发放衣物。

活动前，我先跟孩子们讲了这些物资的来源，还向孩子们介绍了公司的“筑梦计划”，让孩子们知道外面有许许多多关心他们、愿意帮助他们的叔叔阿姨，孩子们听后都非常开心。

我拿起衣服，告诉孩子们冲锋衣的穿法。天冷的时候，可以两件一起穿；天暖和些的时候，就可以单穿里面的小棉袄；如果刮风下雨，也可以单穿外面的风衣。我根据之前给孩子们量的尺寸分发了衣物，为了防止混淆，还在衣服的标签上都写上了每个人的名字。

虽然给孩子们讲解了衣服的穿法，但是一年级的孩子还是不太会穿，我只好帮他们把衣服穿好。穿好衣服后的孩子们，脸上都露出了开心的笑容。孩子们说了很多感谢的话，有的孩子还让我把他们想说的话录下来，给远方的叔叔阿姨们听；还有一个孩子一定要拿着我支教的红旗录像。对于他们来说，这面红旗就代表美好、幸福。

周二上学时，就有孩子来给我看他们穿的新衣服。但是，我发现有的孩子并没有穿新衣服。细问之下我才知道，原来是家长怕他们把新衣服弄脏了弄坏了，只让穿里面的小棉袄，外面还是套着原来的旧衣服，可见这些衣服对他们很珍贵。这也表明，我们做的事情，实实在在地帮助到了孩子们。

随着12月的到来，这个学期已接近尾声，我也更加珍惜和孩子们在一起的时光。我想在这支教的半年时间里，不仅要教授给孩子们知识，还应该用自己的行为来影响孩子们的内心。也许我们很难改变孩子们的生活，但是要尽可能地给他们提供帮助，增长孩子们的见闻，对他们今后的求学生涯有一个积极正确的引导。

1	2
3	5
4	

1. 孩子们领取钢笔

2. 孩子们领取图书

3. 元旦晚会现场合影

4. 为孩子们发冲锋衣

5. 和孩子们的合影

年关将近，木龙小学这里的天气也愈加寒冷。在一次给二年级上体育课的时候，我看到一个叫小松的孩子还穿着一双拖鞋。细看之下我才发现，他的脚背被烫伤了，伤口一直没有愈合，还发生了感染。我马上带着他去村卫生所进行了处理。回来的路上我告诉他，一定要保持创口的卫生，每天上学放学走山路时要穿一双袜子。但是，孩子的回答让我震惊，他说他没有袜子，袜子都烂了。我很随意地说了一句，“那让爸爸妈妈给你买一双啊”，他告诉我他的爸爸已经去世了。几句简单的交谈让我得知孩子的生活竟如此艰难，我很自责，怕我的无心之举会伤害到孩子。

周末下山的时候，我买了几双袜子送给他，他拿到袜子的时候特别开心。我提议给他拍照，他马上就立正站好。也许在他的心里，拍照就应该正襟危坐，没有城市里面孩子的那种活泼搞怪的表情。

经过一周的时间，孩子脚上的伤口已经结痂，他第一时间跑过来给我看。就这样一个简单的事情，让我深深地感到了支教的意义所在。我们不光要关心孩子们的学习和生活，还要关心他们的内心世界，为孩子们筑起一片小小的蓝天。

我也利用课余时间，给学校的孩子们放映了一些积极向上的动画片。由于学校资源有限，无法实施多媒体教学，为了尽量让孩子们感受到多媒体课堂的氛围，我就用公司赠送的DV上的投影功能，给孩子们放映了那时比较流行的《大圣归来》。开始的时候，孩子们还能遵守纪律、十分专注，但是，后来他们就兴奋得手舞足蹈了。有的孩子为了看得清楚，还把桌子、椅子搬到了前面。但是在搬动之前，孩子们还是询问了我。我告诉他们，学就学个踏实，玩就玩个痛快，班级里的气氛瞬间就热闹了起来。虽然不能改变他们的生活环境，但是我们可以为增长孩子们的见闻起到一个桥梁的作用，将外面的世界尽可能多地带给山里面的孩子，也为他们的童年时光增加一些有趣的回忆。

李宏泽，“青橙·筑梦计划”第二任支教老师

支教时间：2015年9月至2016年1月

曾获得：

中建二局三公司天津分公司 2015年度“最美青年志愿者”

2015年度中建二局“优秀青年志愿者”

2015年“北京市五星级志愿者”

现任中建二局北方公司益田水岸府邸项目经理

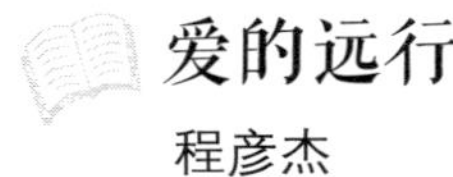

爱的远行

程彦杰

2016年3月3日中午，我乘上了由北京开往云南的列车，列车穿越6省1市（北京、河北、河南、湖北、湖南、贵州、云南），跨越3000多公里，辗转近40个小时。一路走来，从华北平原驶向云贵高原，黑土地变成黄土地再渐变为红土地，我领略了祖国最生动的地貌演绎。

列车于3月5日晚7点多抵达昭通市车站，之后我便与荞山镇中心学校的老师取得了联系。3月6日早，我们正式驱车前往木龙小学。从昭通市前往彝良县的路上，首先映入眼帘的是群山环绕，山坡上的层层梯田。我不禁称赞连绵起伏的崇山峻岭，而同行李老师的一句“每一座壮观高山的背后都是一处贫穷”，却让我的内心百感交集。

李老师还向我介绍说，该地区常年降雨偏少，玉米和土豆是主要的粮食作物，当地人喜欢在山坡上居住，民房大都依山而建。彝良的道路都是沿着山脚修建的，有些道路一边是陡峭的高山，一边是湍急的河流。由于彝良山高坡陡、地形险峻，盘山路多处为危险路段，经过这里的车辆都要小心谨慎地行驶。经过两个多小时的颠簸，我们到达了木龙小学。

进入校园正赶上下课之时，孩子们在尚未硬化的操场上愉快地玩耍。看着他们一双双纯真的眼睛、一张张灿烂的面容，以及朴素的衣着，我的内心为之一颤，这里远比我想象中要贫穷。而孩子们却比我想象中要活泼，他们有的用好奇的眼光打量着我，有的主动过来跟我问好，有的热情地为我介绍学校里的环境……

为了更快地熟悉周围的环境以及了解学生，家访之路早早地便启动了。循着崎岖的山路，跟着孩子们的脚步，带着关切的问候，一路上我们有说有笑，放声高歌。

“你家住在哪里啊？离学校近吗？”

“我家住在学校的那边，就在那个山上。”小女孩用手给我指着远离学校的位置——她的家。

“明天放学后，带老师去你家看看吧。”

“好的。”小女孩用水汪汪的眼睛看着我。

“雨后的山路这么滑，你们怎么走得这么快？”

“我们都习惯了。”小女孩的弟弟脱口而出。

第一天，我家访的对象是一对姐弟，姐姐读木龙小学三年级，9岁；弟弟就读该校二年级，8岁。我教他们两个年级的语文课，平时下课见到我时总会向我问好。

从学校到他们家需要走半个小时左右的山路，进入他们家前还会经过一条羊肠小道。房子外墙因年头太久已经裂缝，后用水泥加固了一下。

“老师您坐。”小女孩指着她家客厅的沙发说道。紧接着，小女孩走向放在地上的那一大袋爆米花，用笼屉盛了满满一屉放在我的面前让我吃。随后，她又拿了个塑料袋走向那袋爆米花，一个劲儿地往塑料袋里装。

“你这是干吗啊？这儿不是有吗？”我急切地问道。

“老师，这是给你带回去的。”

顿时，满满的感动涌上心头，“不用哈，你们留着吃吧！”我极力地劝阻。

这时，旁边的弟弟说：“老师，你拿着吃吧，可好吃了。”

我再三推辞，还是将她装的那袋爆米花倒回了大袋子里。这一大袋爆米花是两个孩子平日里唯一的零食，是他们的妈妈用自家种的玉米到集市上炸的。

四下环顾，家里唯一的大件电器就是那台电视机，这是她爸爸用打工攒下的钱买的。客厅内的墙壁未经粉刷，也没有多余的摆设，只有沙发、粮食袋、背篓。其实，这个客厅最大的作用是充当储物室。卧室里也只有床、一张学习桌和几条长凳子而已，衣服都挂在墙壁的杆子上。厨房里只有一些简陋的农家用具，值得一提的是一个多功能炉子。这个炉子不仅用来做饭，还用来取暖，柴火是她母亲上山干农活回来时捡的。

“老师，你饿了吧？我给你做饭吃吧。”

“不饿，你别忙活了，咱们聊会儿天吧。”我轻柔地向小女孩说道。

通过交谈得知，她家有五口人，有一个19岁的哥哥在彝良县读高三，学习成绩名列前茅，6月就要高考了。眼下正是农忙时节，妈妈每天都会去山上干农活儿，会回来得很晚，她和弟弟经常会给一天在外劳累的妈妈做晚饭。她的外公和外婆就住在隔壁，二老每天都会和她妈妈一起到山上去劳作。

“你的爸爸在哪儿打工？”

“河南。”

“你知道河南在哪儿吗？”

“不知道，但爸爸说过他就在我们的北边。”小女孩用肯定的语气回答道。

双河村交通不便，山高坡陡，土地贫瘠，为了维持一家人的生计，姐弟俩的爸爸常年在外打工，仅过年时能回来待上几天。

一阵谈话后，小女孩带我出去看她亲手种的桃树，说若干年后就会长出许多桃子来。

由于孩子的妈妈与外公、外婆还没回来，我就辅导他俩写起了作业。弟弟架起了两条长凳当书桌，随后挪向姐姐的书桌。此时天色渐晚，屋内的光线较暗。

“你们怎么不开灯啊？光线暗对眼睛不好。”说后，我便打开了灯。

“妈妈不允许我们开，要到很黑很黑才能开。”弟弟快语答道。

当我进入厕所时，着实被吓了一跳，几口大猪在里面大叫起来，也许是外人的突然闯入惊醒了熟睡的猪儿吧。出来后，小女孩跟我说，她家的厕所和猪圈挨在一起，每年年底她家都会卖掉两口大猪。

将近晚上7点，小女孩的妈妈和外公、外婆才从山上回来。妈妈背着30斤野菜，外婆背着20多斤柴火，外公身上的背篓里的柴火也有近40斤。

经过两个孩子的一番介绍，我和他们的家人熟络了起来。她妈妈说两个孩子的父亲在河南某砖厂打工，每月工资2000多元，外公78岁，外婆81岁。我向孩子妈妈述说了两个孩子在学校的表现，她殷切地希望孩子们都能考上大学。外公、外婆热情地邀请我到他们家坐坐，外公还把家里仅有的两个橘子拿出来非要给我吃，我婉言谢绝了。二老家里虽然极其简陋，我却倍感舒适与温馨。

天色已晚，当我要下山回校时，外婆说什么也不让我走。她说下过雨的山路太滑，就在家里休息吧。那晚，外婆做饭时，我给她打下手。当问外婆要酱油时，我才发现家里的调味料只有盐。外婆还把平时不舍得吃的熏肉做了一碗。不一会儿，清炒土豆丝、白水煮菜薹、炒熏肉纷纷上桌。那晚，我吃到了工作以来最美味的饭菜，那种味道将永远留在我的味蕾上。

每个人的童年都有不同的开启方式。在双河村木龙小学还有这样一对留守儿童，二姐小蓉6岁，弟弟小浪3岁。为了生计，他们的父母背井离乡地远赴浙江打工，姐弟俩长年和年迈的爷爷奶奶一起生活。

姐弟俩经常来学校玩耍，我与他们的第一次相遇就是在学校的旗杆下。小蓉性格狂野，爬栏杆、抓虫子、玩泥巴……犹如男孩子一样淘气。小浪是姐姐的跟屁虫，每天都和小蓉在大街上疯玩。由于没有玩具，大街上的垃圾袋、石头、废纸、破线绳等废弃物都是姐弟俩很好的玩具。他们会经常在地上撒欢儿，还会比赛谁在地上爬得快。每当看见他们在地上“摸爬滚打”时，我都会让他们站起来，告诉他们地上脏兮兮的灰尘会弄脏衣服。但我还是会经常看见姐弟俩与大地一起呈现着“你是风儿，我是沙”的亲密画面。一次，在学校里碰见了他们，看到他们乌黑的手后，我用脸盆接了半盆水让他们洗手。在他们洗手时，我发现小蓉的脸上有几道疤痕，经过询问得知，这是在和一个小男生打架时被人家抓破的。

一个晴朗的中午，我和同学们在街上散步时又碰到了姐弟俩。小蓉远远地看到我就高喊“老师”，并带着弟弟向我飞奔过来。“你们俩吃午饭没？”“没，奶奶上地去了，还没回来。”小蓉快速地答道。于是，我给姐弟俩买了薯片和面包让他们充饥。过了一会儿，只见姐弟俩的奶奶步履蹒跚、行动迟缓地背着满满一篓猪草从远处走来。

“67岁了还能干动活儿吗？”

“没办法呀。”

“奶奶身体怎么样啊？”

“浑身都疼啊。”她气喘吁吁地说道。

一番交谈后，奶奶极力邀请我到她家坐坐。一打开门，姐弟俩便冲进去抱起了地上的大水壶咕咚咕咚地喝起来。喝过水后，小浪径直走向餐桌，津津有味地吃起了凉饭。

在双河村木龙小组，很多老人和姐弟俩的奶奶一样，身边没有儿女的陪伴及照顾。虽年事已高、疾病缠身，却仍要劳作，只为生计。他们既要照顾儿孙，又要操持家中的几亩薄田。

当时，脱贫攻坚刚刚开始，由于双河村交通闭塞，经济落后，大多数妇女会随丈夫一起外出打工，大部分留守儿童只能与老人生活在一起。老人年事已高，在监护儿童成长的过程中常常遇到难以克服的困难，他们只能解决孩子的温饱，在其他方面很是无能为力。

越是看到缺失，我就越感到自己支教的重要性，不仅在教学方面，更在对孩子的生活关爱上面。因此除了完成好教学工作外，我还策划了很多丰富多彩的课外活动，生日宴是印象最深的一个。

7月1日，是一个二年级学生和一个三年级学生的生日。点蜡烛、许愿、切蛋糕，对于大多数孩子来说，和父母一起过生日是再平常不过的事了，但对于木龙小学的留守儿童来说，这是一种奢望。

那次，我准备为孩子们举办一次木龙小学生日宴。在生日宴的前一周，我在离学校几十公里以外的蛋糕店预订了店里尺寸最大的三个蛋糕（当时木龙小学共有三个年级，我给每个年级买了一个生日蛋糕）。我还制作了易拉宝照片展架，并在教室里布置了照片墙，记录与孩子们相处的点点滴滴。但是，在临近生日宴的时候，彝良县突降大暴雨，造成了严重的洪涝灾害。暴雨过后，山体滑坡、泥石流不时发生，道路多处塌方，致使交通中断，汽车无法通行。如此一来，我在山下预订的蛋糕很可能无法取回。

木龙小学的不少孩子之前从来没见过这种生日蛋糕，想到孩子们翘首企盼的样子，我决定步行下山取回生日蛋糕。因山体滑坡，路途中随时有落石伤人的危险，学校里的其他老师都劝我再等几天，但我还是坚持下山取蛋糕。

暴雨过后的山路泥泞不堪，我只能深一脚浅一脚地往前走。鞋子和裤腿沾满泥土后，我直接把鞋子脱掉，赤脚走在通往山下的路上。一想到迫在眉睫的生日宴、对孩子们许下承诺的大蛋糕以及同学们见到蛋糕的情景，我的内心就又充满了力量。步行了三个多小时，大约十几公里后，我终于将蛋糕带回。

生日宴活动当天，蛋糕、西瓜、桃子、糖果、爆米花、果冻、饮料、易拉宝照片展架悉数呈现在孩子们面前。伴随着青春欢快的音乐，生日宴会在孩子们的欢呼声中开始。还记得打开生日蛋糕盒子的那一刻，全班沸腾，所有同学高唱生日快乐歌，两位小寿星一起许下心愿，一起吹灭蜡烛。

那一刻，所有的辛苦都值得。

我喜欢带给孩子们惊喜，而孩子们也时常给我感动。

一天中午，在前往学校食堂的途中，猛的一声吼叫直入我的耳膜，“程老师，等等我。”小姑娘追上我后，娇羞地递给我一张折叠整齐的纸，面露微笑地对我说：“这是我妹妹送给你的。”说完拔腿向食堂跑去。我小心翼翼地拆开，一看竟是一封“情书”。这是一封图文并茂的“情书”，上面绘有太阳、白云、房子、花草、爱心，爱心里面写有“程老师，我喜欢你”的字样。送我这封书信的其实就是小姑娘本人，她是我教的二年级学生。

对于这份突如其来的“情书”，我的内心荡漾起无数涟漪，更多的是感恩，感恩他们打心眼儿里能够喜欢并认可我这位远道而来支教的老师。其实，我也很爱他们，爱他们的天真、爱他们的无邪、爱他们的小淘气。因为教授两个年级的语文，一天的课讲下来，有时我也会感到筋疲力尽。但当看到他们的笑容，听到他们一声声的程老师后，我所有的疲劳都被驱散了，激情又被点燃。下课后，我在批改作业时，他们经常围在我身边叽叽喳喳地吵个不停；和他们在操场玩耍时，他们总会露出最灿烂的笑容。每

1 2
3 4 5

1. 和孩子们一起采野花

2. 趣味运动会合影

3. 和孩子们合影

4. 语文课后合影

5. 郊游

欢乐和谐庆六一·激情飞扬献爱心
木龙小学首届趣味运动会
筑梦计划
支教山区 传递爱心 助力未来

一个夜晚，在入睡前想到这些，我都会情不自禁地笑出来。

从那时到现在，我都想对他们说：“孩子们，我很庆幸能够在春暖花开的季节里遇到你们。有幸成为你们的语文老师，是我在二十多岁的美好年华里最有成就的事情，没有之一。谢谢你们从心里接纳了我，我会永远珍惜我们一起走过的几个月时光。”

社会工作的宗旨是“助人自助”，我在支教期间力所能及地给我接触到的留守儿童带去欢乐。每种色彩都应该绚烂，每个花蕾都应该绽放，每个孩子都值得我们好好宠爱。

生命前行路上志愿不停，在合适的时间里做合适的事情，哪怕不被理解，哪怕艰苦辛劳，再回首时，都会热泪盈眶；再回头时，都是斑斓风景。

▼ 程彦杰，“青橙·筑梦计划”第三任支教老师

支教时间：2016年3月至2016年7月

曾获得：

中建科技（北京）有限公司“2017年度先进个人”

现任内蒙古大兴安岭林业学校教师

听听那年雨

苗　壮

时光飞逝，记忆遥远，我与他们相别已有五年。记忆的那边是下不完的雨，回忆的这头是说不完的话。时间虽逐渐将往事模糊，但当初的日记和相片又是如此真切。

闭眼细听，淋回从前。

2016年9月6日是抵达之日，天在下着小雨，云伸手就可以触碰。在走去学校的路上，我感觉一点儿都不真实，拍拍头，真是在这里了。

学校里的刘老师接待了我，向我介绍了学校里的基本情况。当时加上我只有三名老师，而木龙小学有一至四年级，课时任务重，没办法按照正常课表上课，于是我先接手三年级的课程。

或是欣喜，或是异乡难眠，头一天晚上我没有休息好。不过，第二天我还是早早起床，满怀激动的心情来到三年级的教室。

在推开门的一刹那，我被孩子们期盼的神情弄蒙了，就这样慌慌张张地开始了支教生涯的第一节课。面对25张陌生的面孔和充满期待的眼神，我的责任感瞬间高涨了起来。我就这样和孩子们开开心心地交谈，了解他们的学习情况和生活状态。大部分孩子都是留守儿童，学习成绩更是良莠不齐，我根据了解到的情况制订了教学计划。

天空依旧下着小雨，学校规定的上课时间是8：00。可是令我意外的是，从7点开始就陆陆续续地有学生来教室了，7：30时基本全部到齐。其中一个学生跟我说，他6：30就从家出发了，可见孩子们对上学十分渴望。那天我给孩子们上了第一节语文课《让我们荡起双桨》，一篇要求背诵的课文。我发现这里的孩子们有的像撒欢的野马驹，有的则一声不吭，有的学习进度特别快，有的却让人着急。

一天下午，刘老师过来说下雨山路不好走，早点让孩子们放学。于是，我问孩子们要不要现在放学，他们给了我一个响亮的答案“不要”。我的心不由得颤了一下。就这样一对一辅导、批改作业，很快就到了放学的时间。听着一句句“老师再见”，我的心里慢慢有了喜悦感。

还没熟悉教师的生活，教师节就快到了。我对孩子们说：“明天就是教师节了，你们想不想程（彦杰）老师（上一任支教老师）啊？”孩子们顿时像欢快的麻雀一样，你一言我一语，叽叽喳喳地说个不停。最后，我让他们把心里想说的话写下来或者画下来，再给程老师寄去。孩子们开始不停地一遍遍写啊、画啊！他们时不时地问我这个字或是那个字怎么写，最后再用包装纸像宝贝一样包起来，放学前一个一个地交给我。回到宿舍，我一个一个地打开拍照，然后再传给程老师。拍着拍着，我发现原来还有好多同学是写给我的，其中最让我眼前一亮的是一个同学提道："我发现苗老师抽烟了，希望你早点戒烟。"一句句身体健康、开开心心、节日快乐，让我心里暖暖的。

天一直下雨，一不注意，我就感冒了。这里的感冒与别的地方不同，不只是流鼻涕、咳嗽那么简单，一旦得上，脑袋昏得让人想直接躺下。可我还是楼上楼下地来回跑，给三、四年级上课，还给每个学生发了月饼。那是我在教师节颠簸一天去县城买的，看见终于送到孩子们手上了，心里感觉甜甜的。

天终于放晴，上完语文课，我就想趁着好天气，给孩子们上体育课。我原以为会很简单，没想到是让人哭笑不得的一节体育课。我教学生广播体操的过程也是一波三折，原地踏步走竟然有接近一半的学生顺拐，而且还不容易改过来，动作更是五花八门。

下午放学后，有三个学生要我跟他们一起去山上耍，我简单地收拾了一下，就和他们去爬山了。蜿蜒的上山小路，有时泥泞，有时碎石滑动，荆棘丛生。休息的时候，他们就给我讲山上都有些什么，什么能吃，什么不能吃，什么可以碰，什么不可以碰。就这样说说笑笑，一个半小时后，我们终于爬到了山顶。

首先映入眼帘的是郁郁葱葱的草坪。向下望去，白雾缭绕，一览众山小，我张开双臂向山下大吼，然后静静地躺在草坪上，放空自我。突然听到一声尖叫，我站起来抬头看去，原来前方有一个小湖，他们三个抓到了螃蟹。时间过得飞快，太阳渐渐沉了下去，我和三个学生一起拍了些照片，带着不少螃蟹下了山。

刚去那里的日子，我感觉时间过得很慢，一天有一天的新奇。渐渐地，我熟悉了孩子们，熟悉了当地居民，熟悉了周围的环境，当然，也熟悉了青山和细雨。

很多事情已经淡忘，所幸还有几件事未被冲淡。

国庆节，升国旗必不可少。国旗伴随着国歌，在同学们的合唱下缓缓升起，在空中迎风飘扬。然后，同学们一起完成了刚学会不久的广播体操。虽然他们做得歪七扭八，动作参差不齐，但是我知道他们已经很用心了。

广播体操结束之后，我为孩子们准备的气球派上用场了。孩子们很开心地吹着气球，五颜六色的气球在他们手中挥动着。我还为孩子们准备了横幅“努力学习，奋发向上，热爱祖国，报效祖国”，他们读着、喊着，声音洪亮，然后每个人作出承诺，在横幅上签上了自己的名字。

回到班里，我带头组织孩子们做了另一项活动，主题是《写给20年后的自己》。现实虽然可以束缚躯壳，但是无法绑住纯粹的童心。一想起20年后的自己，“小喜鹊们”叽叽喳喳地热闹了起来。写完之后，大家像收藏宝贝一样精心地封好信封，恭恭敬敬地递到我手里。我告诉孩子们，我会把所有人的信都保存好，然后找一个最美的地方收藏起来，20年后的今天我们再一起见证那神圣的一刻。如今五六年过去了，不知道他们是否还记得当初许下了什么心愿。

天色将晚时，活动才接近尾声，要特别感谢充满爱心的公司，有他们为学校购买的音响，活动才如此成功。就在我即将走出教室的时候，班里的孩子把他们在山上亲自摘的板栗、八月瓜、猕猴桃、荔枝送到我手里，然后就回去了。我站在那里傻傻地笑着，不禁湿了眼眶。

为了准备支教生涯中的第一次家长会，我也是想破了脑袋。前一天晚上躺在床上时，我的心情很激动，久久不能平静，怎么

1 | 2
3 | 4

1. 孩子们拿到新校服后很开心

2. 广播体操结束之后，每个孩子在横幅前作出承诺，签下名字

3. 第一节语文课《让我们荡起双桨》

4.每个孩子给20年后的自己写的一封信

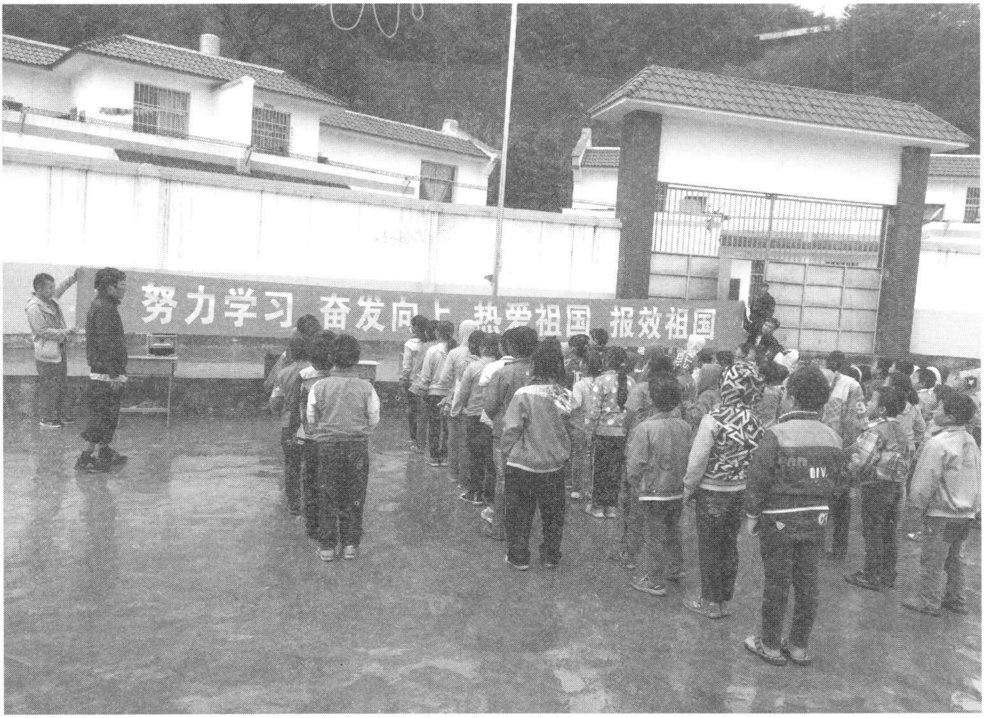

努力学习 奋发向上 热爱祖国 报效祖国

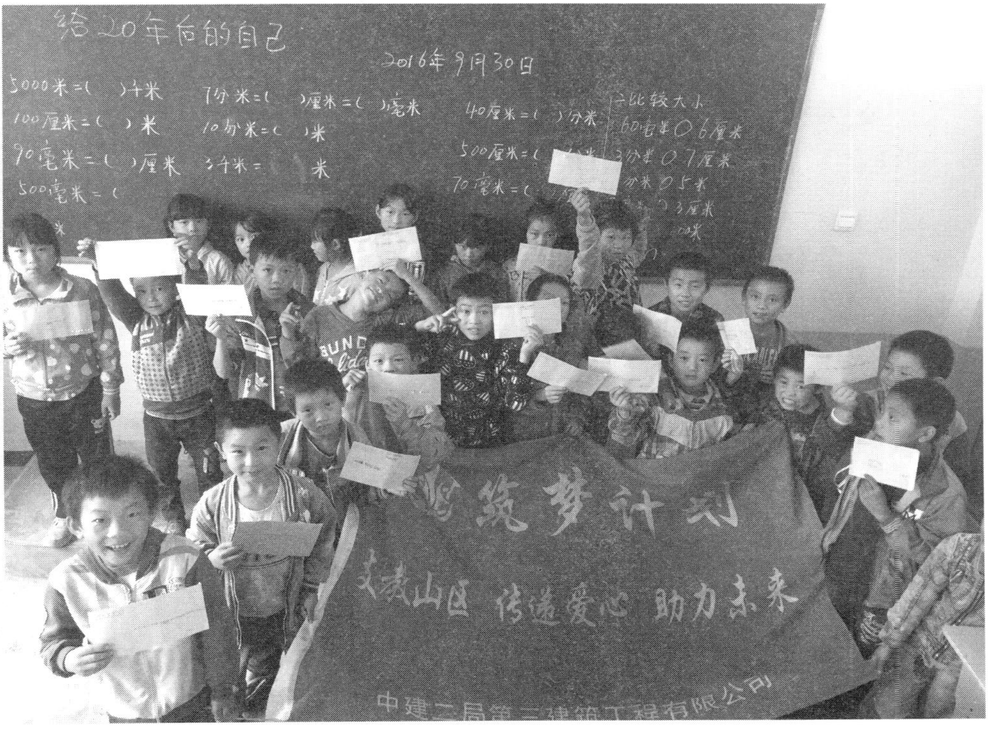

给20年后的自己
2016年9月30日
筑梦计划
支教山区 传递爱心 助力未来
中建二局第三建筑工程有限公司

也睡不着。第二天清晨，我早早起来，开始准备一切。

8点钟的时候，家长和学生陆陆续续地来了。一张张热情的笑脸，向站在门口的我微微点头。桌上摆好了水果、花生、糖和茶水，形式还是可以的。8点半，家长会正式开始了。我介绍完自己，又认识了每一位家长。接下来，我详细地分析了期中考试的成绩以及每个学生在学校的表现。然后动员每位家长和我一起来督促孩子学习，确定一个目标，并嘱咐他们一定要多多鼓励孩子，让他们有足够的信心投入学习。

接下来是“感恩”的部分。因为很多家长都是长年在外打工，所以大多数孩子都是留守儿童，十分渴望得到父母的爱。我和孩子们集体演唱了《世上只有妈妈好》，唱着唱着，看到有些家长已在擦拭着眼角。歌曲唱罢，我给孩子们安排了“你来比画我来猜”和“抢凳子”游戏，欢声笑语充满了整个教室。最后，我给每位家长演唱了一首比较贴合“感恩”主题的歌曲——《当你老了》。那次家长会在阵阵掌声中结束了，虽然没能做到尽善尽美，但我已经很满足了。

天气日渐转凉，当初的细雨转成寒雨。很难想象，还有学生穿着破旧的夏装上课，阵阵秋风寒雨肆意地“欺负”着他们。我将情况汇报给公司后，公司给全校92名学生每人捐赠了一套秋季校服。一件件温暖的红色校服，一张张天真无邪的脸庞，一双双真诚的感恩笑眼，让我感叹为什么没有早点遇见他们。

雨一直在下，有忧愁，有喜悦，有值得。想起当初到那里时，家人、亲人、朋友虽然都不理解和担心，但有他们和孩子们陪伴的那117天，每时每刻、每分每秒，我觉得一切都是值得的。生活中并非所有的选择都是非黑即白、非此即彼。我们常常会说，什么事情该做，什么事情不该做，什么事情是好的，什么事情是坏的，其实很多时候对一个事物的判断，并不能简单地以应该不应该和好不好来区分。你什么时候做这件事，做到什么程度，会直接影响事情的性质。给自己定一个明确的目标、清晰的方向，不要刻意问自己为什么而活，因为重要的不是从生活中得到什么，而是要清楚生活本身的愿景是什么。

苗壮，“青橙·筑梦计划”第四任支教老师

支教时间：2016年9月至2017年1月

现为中建二局三公司北方分公司项目管理人员

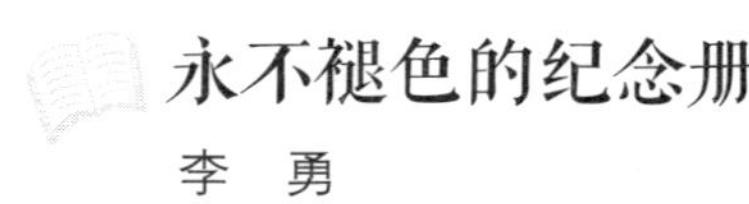

永不褪色的纪念册

李　勇

我感觉在云南省昭通市彝良县双河村木龙小学的每一天都特别有意义，沙漏将到来的时间拉长，又将回去的时间缩短。所以，我珍惜在那里的每一天，而在学校里的每一天都组成了此时青春纪念册里的每一页。

第一页

每天早上我起床时听到的都不是闹铃声，而是孩子们琅琅的读书声。我快速地收拾后，就走进了三年级的教室，今天该给三年级的学生上早自习，每天早读的时间为半个小时，极其珍贵，一分一秒也不能浪费。可今天我感觉有点不对，他们有的读得分神了，嘴型与所读的内容对不上，确实是有问题！我就凑上去问一个学生，她悄悄地告诉我："今天咱们班的班长，咱们班的班花过生日。"原来是这样啊。我就悄悄地托在县城接受教学培训的赵老师捎一个蛋糕回来，想给她和孩子们一个惊喜。

似乎大家都在憧憬那一刻快点到来，一天的课程轻松、愉快地结束了，蛋糕却迟迟未到！为了完成今天这个特殊的任务，我不得不让这些孩子们“加加班”了，要求他们在教室里把作业做完再走。其实，他们是中了我的缓兵之计。可转眼半个小时过去了，眼看孩子们都快完成作业了，我的蛋糕却还没到来，其他年级的学生早已离开教室，结伴回家了。这时，有一个调皮的四年级学生跑来跟我说赵老师回来了。我一溜烟地跑向赵老师，眼睛直勾勾地盯着那蛋糕，没顾上道声谢，提起来就往教室冲。孩子们见到蛋糕后又惊又喜，眼睛也瞪得大大的，一动也不动，喉咙里吞咽着馋馋的口水。

在期待与憧憬下，我慢慢地解开包装。在正要揭开它神秘的面纱时，我愣住了，蛋糕已面目全非了。这个蛋糕是来之不易的。木龙小学到彝良县城有40公里山路，由于道路曲折蜿蜒、地势陡峭，班车单趟大约得两个半小时，再加上蛋糕是摩托车运的，如此颠簸，那脆弱的蛋糕变得面目全非也理所当然了。可孩子们并没有感到失望和沮丧，反而好奇地问蛋糕上的水果都叫什么名字。我倍感欣慰，也很耐心地回答他们有菠萝、葡萄、火龙果等。那些小馋猫们有点忍不住了，都想大大地咬上一口蛋糕，可最重要的环节还没有完成呢，那就是点亮生日蜡烛并许愿。可与生日蛋糕配套的蜡烛、切蛋糕的塑料刀、庆生纸帽，却一样也没有，只好去食堂拿一根红色蜡烛“滥竽充数”了。点亮生日蜡烛后，同学们齐唱生日快乐歌，然后小寿星许下愿望。

好事多磨说得一点儿没错，小寿星在吹蜡烛的时候又出现了比较好笑的一幕，她怎么吹蜡烛都吹不灭，最后大家一起才将蜡烛吹灭了。我也借发生的这戏剧性的一幕给孩子们讲了一个道理，“众人拾柴火焰高”“一双筷子和一捆筷子的关系”，让他们明白团队的力量是巨大的，也让他们意识到团结的重要性。就这样，孩子们在美味的蛋糕中，在快乐和愉悦的氛围中度过了特殊的一天。

第二页

2017年3月12日，我国的植树节。早在一周前的星期五上课时，我就跟四年级的孩子们约定好，植树节当天的上午10点在学校的操场集合一起去植树，并嘱咐他们穿好校服，戴上红领巾，提上铲子和水桶等工具。

时间过得真快，植树节这天终于到了。我格外地兴奋和激动，本可以在那天睡个懒觉带走周一至周五的疲惫，可一想到能和17个“小太阳”在一起开心、快乐地玩耍，就什么都不会去想了。

约定的时间是上午10点，我9点30分就到小学的操场上等着。时间一分一秒地过去，眼瞅着就要到10点了，可还没有一个同学出现，我的心情顿时变得焦虑和不安起来，并略带失望。正当我失望之时，一阵阵熟悉的声音在我耳边越发地响亮起来，“李老师，李老师”。他们终于来了，我的失望也顿时转为希望。面对这么多可爱的孩子们，我的心中充满了欣慰。

不一会儿，人差不多到齐了。我们带着各自准备好的铲子、水桶等工具，还有昨天去山上挖的小杉树苗，以及有一面写着“筑梦计划”的大红旗 ，开始朝着木龙小学旁大山脚下的小河前进。我们把植树的地点选在了小河旁的一块空地，这块空地一直荒着没有人种，且靠河水近，特别适合树苗成长。去小河的路并不如想象中那么好走，那是一条山路，属于下坡路，由折陡峭。可这帮孩子们一个个胆子都挺大，蹦着跳着，在这山路上欢快地前行着。走了将近15分钟，我们到达了目的地。我用找好的竹竿将“筑梦计划”的大红旗插在了小河旁地势高的大土包上，旗帜随风飘扬着。

接下来，我们开始了植树节活动的第一项仪式，孩子们面向

1 | 2/3

1. 为郑娜小朋友举办生日会

2. 和孩子们一起去植树

3. 植树节，我和孩子们种下18棵树

筑梦计划
支教山区 传递爱心 助力未来
中建二局第三建筑工程有

大红旗，拿着小树苗，整齐地背诵起了刚学的第一课《走，我们去植树》："迎着和煦的春风，迈开轻快的脚步，亲爱的少先队员们，走，我们一起去植树……"

声音整齐而响亮，在大山间回荡着。今天的主题是植树，小杉树苗一共18株，象征着一行18人，也象征着18个希望。孩子们争相挑选着自己喜欢的小树，然后一一将小树苗种下。

在植树的过程中，我发现了一个细节，每个人都准备了一张写好的小纸条，上面写着他们的梦想，原来孩子们想要将自己的梦想埋下，伴随小树苗一起茁壮成长。在种好树后，他们分别站在了自己种好的小树后面。我很好奇，他们是要干啥？原来他们是在大声地念着自己的梦想。他们的梦想可远大了，有想成为一名医生的，有想成为一名人民教师的，有想成为一名科学家的，还有想成为一名歌唱家的。是啊！他们本不该被这大山束缚，应该去更广阔的地方学习、成长。

孩子们还给自己种的小树苗取好了名字，有叫幸运树的，有叫幸福树的，有叫美好树的，还有叫常青树的。最让我觉得有趣和好笑的是，有一位同学竟给他种的小树取名为摇钱树……

一阵阵欢声笑语，连小河里的鱼儿也不由得跳起来，想要融入这欢乐的氛围中。孩子们终会像这小树一样茁壮成长、成才！

第三页，第四页，第五页……最后的篇章是离开后的长长时光，是“筑梦计划”的旗帜仍在飘扬……

李勇，“青橙·筑梦计划”第五任支教老师

支教时间：2017年3月至2017年7月

曾获得：

2017年中建二局三公司创优争先系统优秀员工、优秀党员

彝良县荞山镇优秀支教老师

爱心支教标兵

现任中建二局三公司西南分公司金茂观山湖城市综合体项目物资部部长

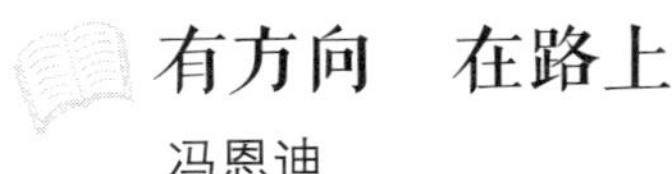

有方向　在路上

冯恩迪

边陲之地

湛蓝的天空，洁白的云朵，

清澈的溪流，山间温柔的微风，

简陋的环境，陈旧的桌椅，

破旧的教学楼，通往学校泥泞崎岖的道路，

对知识充满渴望的明亮眼睛。

这个贫瘠又美丽的地方，

是祖国的西南边陲——云南彝良。

梦起之誓

有方向，在路上，我心抵梦深。

辛酸苦楚，心有何惧，我心中有梦。

单调乏味，甘苦犹欢，我志存高远。

我期望用我的真诚和友爱，为孩子们送去欢笑和希望；用我的青春和知识，把新的发展进步引进山区；用我的爱心和耐心，一点一滴、一字一画地传授知识和文化。

纵然路有荆棘，途有坎坷，我也会披荆斩棘，克服困难。

即使滇黔山深，蜀道峰连，我也会直挂云帆，勇往直前。

那条安静的回家路

“远处传来的风铃，从此如影随形。谁的心跳像黄昏的微笑，撩动我如水般安静的琴弦。”

两旁青青，小路红泥。枯萎的玉米秆像卫士般排列在路旁，在这幽僻山间的狭道里，引导着小女孩上下学的方向。

她今年5岁，也是跟她一起回家后，我才知道她每天独自上下学竟要徒步四小时的山路，偶尔还会有碎石滚落。

她始终像一个山间的小精灵，跳跃在这充满灵气的山间。但若再多一份陪伴，多一份呵护，是否会少一点孤独？

送进来只为再走出去

我们寄书。

书启智，博见闻。希望如久旱逢甘霖，远帆遇长风，他们能找到自己的梦，追寻到自己的风。我们无法保证每一个孩子都有书读，至少要让想读书的孩子不再缺书。

山野是你们的乐园，希望图书角也是。

我们寄衣。

寒雪飘飘，小脸冻得通红，手脚冻僵，如何安心学习?

寒冷的是冬天，热切的是我们的心。在向公司反映情况后，一件件棉衣穿越风雪、翻越山岭，带着公司和爱心人士的关怀，来到孩子们的眼前，来到孩子们的手上，来到孩子们的心房。我至今仍记得那比雪花还纯洁的眼神，从此不再有雪花的寒冷。

我们寄愿。

孩子们的家是温馨的，如雨中的屋檐，雪中的炭盆。他们所有的努力，是让屋檐不要倒塌，炭盆不要熄灭。时代在进步，不能与时俱进者，将会承受时代浪潮的冲击。如果退到一百年前，城市还未大规模兴起，土地还是生存发展的唯一依赖，所有人都是时代的同步者。

但现在，仅仅由于原始的环境和偏僻的位置，便在不经意间造成发展的差距。位置偏僻，但不至于被遗忘；路途虽远，关爱仍可以到达。

我们走进来，只为你们能走出去。不是说你们此刻不幸福，而是走出去才能更好地守护你们的幸福。

育人心切

看着孩子们的成绩，我的心情是沉重的；看着孩子们的教育，我明白差距仍是巨大的。如果是各种教育设施齐全，家教优越、老师优秀、课程完备，而学生的成绩仍不好，只能怨他自己。但各方面教育要素的短缺，则是孩子们的无奈。

当地学校在尽力。教育体制改革不断深化，教学制度不断完善，教师培训不断展开，不断发现问题，总结经验。

公司在尽力。在为孩子们捐赠羽绒服、手套、保温杯、热水器等保暖用品的同时，还捐赠图书200余册，以及体育设施和器材。为了培养学生的艺术兴趣，提高学习积极性，公司还设立了4000元的“筑梦奖学金”。

我在尽力。以高标准要求自己和孩子们。“一个也不放弃”是当地政策的标准，也是我的标准。孩子的天性在于只做想做的事情，老师的职责则是引导他们去做对的事情。因此无论是在课堂，还是在课下，集体还是个人，我总是一次又一次地与孩子们谈心，给他们讲这里，给他们讲外面，讲我的从前，讲他们可能的未来。其实，我很担忧，“好好学习，考上大学走出去”对城里的孩子来说都很难，更何况是山村里的孩子。

我只能尽力，不可能一步做到最好，只能一步步做到更好。

“我不想落下每天的作业和知识”

2017年12月12日星期二，已入寒冬，乌蒙山区的孩子们手脚冰凉，生出冻疮，感冒发烧的很多，每天至少有五六名学生因为寒冷生病，不能来学校学习。作为他们的老师，我心中十分焦急。下午放学后，在学生们的带领下，经过半个多小时泥泞曲折的山路跋涉，我来到几名生病学生的家中探望。

我首先来到了生病发烧最严重的五年级学生小平家中。刚一踏入家门，我就感到潮湿阴冷，只见他家徒四壁，有一面墙竟是用塑料彩条布来挡风，仅有一张用石头支起来的破木板床，再没有其他家具。据了解，小平自幼丧父，与妈妈和爷爷相依为命，家庭收入极低。

孩子很虚弱地躺在床上，我让他不要说话，告诉他好好休息，身体最重要。孩子满怀希望地看着我，希望能赶快好起来，能早日回到学校。我告诉孩子妈妈要时刻注意观察，如果孩子发烧严重，一定要送到县城医院就诊。

第二天，我看到小平很早就来到了学校，面容憔悴，很虚弱。我专门给他拿来了牛奶和面包，因为山区学生没有吃早餐的习惯。我告诉他，生病期间一定要吃好，病情才能好转。小平拿着面包和牛奶开始还说不要，我说：“你听老师的话，拿好。”孩子唰地流下了眼泪，把牛奶、面包放到课桌上，然后从书包里拿出了前几天落下的家庭作业，告诉我：“冯老师，昨晚我稍好了一点，就坚持把作业写完了。你虽然说了身体重要，但我不想落下每天的作业和知识。我觉得作为一个学生，这是我一定要做好的。”

我拿着作业本，看着工工整整的字迹，想到孩子虚弱的病体和贫寒的家庭，心中十分感动。山区的孩子大部分学习自觉性比较差，留守儿童因没有父母管教，常常不写作业，像小平这样家庭困难，还积极学习的学生实属凤毛麟角。我觉得自己要向孩子学习，尽职尽责，更加努力，帮助他们走出山区。

任重而道远的路

让我心有所牵的不是房屋的破旧，而是教育水平的落后。这

1	2	
3	4	5

1. 办黑板报　　2. 庆祝国庆节、中秋节　　3. 庆元旦 迎新年 联欢会

4. 绘画　　5.公司捐赠给孩子们的新书

是不得不面临的一个问题，可这不是教育部门的问题，也不是老师的问题，而是一个现实的问题。有多少优秀的青年教师愿意留在一个人烟稀少的山村，奉献自己的一生？

我认为脱贫，一方面是经济发展，有饭吃有衣穿；另一方面是让贫困地区的孩子从幼儿园到大学也能享受到高质量的教育，让几代人的大脑不再空白和迷惘，懂得如何充实自己不断进步，而不是蹉跎岁月。

我认为关键是让教育“城市化”。相比之下，有条件的家庭总希望送孩子去城里读书，为什么？不是因为城里的房子更好，城里的设施更先进，最根本的原因是优秀的教师一般在城市里，而且大多数只可能在城市里。让优秀的教师去山村教学终究是小部分的、暂时的，让受教育者去城市才是顺应发展的趋势。就像大学都在城市里，而不是某个偏僻的乡村，为什么？因为现在城市里才留得住人才。但我希望在脱贫攻坚完成，乡村振兴后，农村也能留得住人才。

教育“城市化”先行，这个工程量是浩大的，任重而道远。但这也让我看到了教育的未来，这里的未来。

这是我所能看到的“太阳”，虽然它现在还在路上。我坚信有朝一日，它能温暖祖国的每一个地方。

冯恩迪，“青橙·筑梦计划”第六任支教老师

支教时间：2017年9月至2018年1月

曾获得：

2017年度陕西优秀志愿者

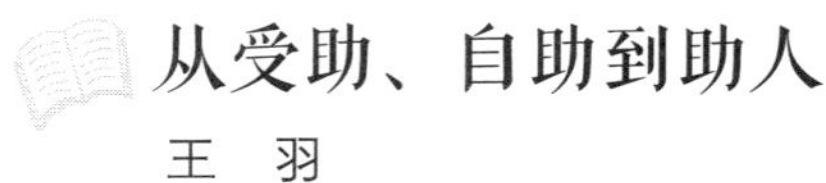

从受助、自助到助人

王　羽

我支教的故事是以启程为开始，而这颗做志愿的心的种子很久前就已种下。

2010年3月20日，突如其来的噩耗降临到我的家庭，哥哥横遭车祸，导致高位截瘫。那时候，我还在读初中，父母还要为我凑学费。我不希望自己成为父母的累赘，觉得有责任帮他们分忧解难，甚至一度产生了弃学打工的念头，就是想让这个家庭不再那么贫穷。

从无助到受助

有社会爱心人士在得知我的家庭情况后，自发募捐，将11250元善款送到母亲手中，还告诉母亲："一定要坚强，世界爱暖人心！""孩子，你一定要好好学习，这个家的将来就靠你了，等你有本事了回报你的父母，回报社会"，爱心人士张阿姨同时谆谆教导我。

从那一刻起，我便有了一个心愿：“当我有一定的能力后，一定要回报这个社会，去帮助那些需要帮助的人。或许我的力量有限，但是我将会全力以赴，继续将爱心传递下去。”

“人穷志不穷，办法总比困难多”，父母的一句话让我咬着牙、含着眼泪，继续踏上了求学之路。从初中到高中，在好心人的帮扶下，我度过了这段最煎熬的时光。高考完，我顺利考上心中理想的大学，开启了人生新的起点。大学里，通过国家助学政策、学校的贴心帮助以及自己的努力，我申请到了国家助学贷款，还两次获得了国家助学金。这极大地改善了我的学习环境，使我顺利地完成了学业。

从受助到自助

我因助学政策和爱心人士的帮助而改变：因为受助，我知道了感恩；因为感恩，我要自强；因为自强，我要担当责任。

大学期间，我记不清楚自己做了多少兼职，家教、促销员、发单员等，种种经历让我变得成熟。从担任学院编辑部部长到在中建二局三公司基础设施分公司大董公路项目做宣传文书工作，再到“筑梦计划”的第七任支教者，我深刻感受了自己因为受人帮助而自立自强的每分每秒。

从自助到助人

从公司的北京总部到贵州，到西南边陲，从基础设施建设到服务国家教育，我能深切感受到祖国这些年来在经济、政治、文化等各方面取得的巨大成就和惊喜变化，更深知央企青年应当勇担重任。

习近平总书记有言：“青年一代有理想、有本领、有担当，国家就有前途，民族就有希望。”不是唱高调，也不是言不由衷，我也有高远的追求，也希望能够尽显才智、尽展风采于天地，但这些都需要一个价值引领、一个行为导向。

于是，2018年3月7日，作为入党积极分子的我毅然选择了赴祖国西南支教。接过“筑梦计划”的旗帜，我奔赴云南省昭通市彝良县荞山镇双河村木龙小学，开启了一学期的支教生涯。

彝良临近云贵川交界处，一边是悬崖峭壁，河水湍急；另一边是高山突兀，险象环生。同事送我来的车在崇山峻岭间艰难地行进，经过近八个小时的长途跋涉，夜幕降临时，我们终于抵达这块神秘的土地。第二天，我们便奔赴木龙小学，开始了一学期的筑梦之行。

山区支教不仅是一种体验，更是一种责任。

每天清晨，我在孩子们的读书声中醒来，开始一天忙碌而充实的生活，备课、上课、批改作业等。虽然很累，但是心中有一份沉甸甸的责任和更大的喜悦，“乐此不疲”应该说的就是我这种感觉吧。

孩子们用他们真诚的心灵、淳朴的话语，无时无刻不在感动着我。记得刚去学校第一周的一大早，我教的班级的孩子们送来了两大束鲜花。是的，鲜花，那是他们花了一早上的时间从山上采回来的，每一朵花儿都凝聚着他们对我最纯洁最真诚的祝福。看着孩子们红彤彤的小脸和一大堆色彩斑斓的山花，我感动得一句话也说不出来。花儿虽然不像都市花店里的那些花儿那么娇嫩富贵，但是多了份纯朴和真诚。他们是用心去采，用心去装饰，用心去祝福，而我也只有用心去付出，用心去爱他们才能有所回报。为了这帮可爱的孩子，也只有这样才对得起这份纯粹的感动。

教学的艺术不在于传授本领，而在于激励、唤醒、鼓舞。

学校领导给我安排的是五年级的教学任务，主要负责语文、科学、品德的教学工作，还首次开设了音乐、美术、体育课程。面对繁忙的教学任务，我总是鼓励自己：“不经历风雨怎么见彩虹呢!”

为了搞好教学任务，我经常走山路，过山涧，深入孩子们的家里进行家访。在这里，孩子们除了通过课堂和课本学习知识外，平常接触到的就是农田、农活儿。一个孩子站在家门前，目之所及的地方都是自家的地盘。

孩子学习全靠自觉和老师指导完成，家庭方面的帮助实在是微乎其微。多数家长是大字不识一个，而且很多家庭都有两三个小孩。如果老师放弃了一个孩子，就意味着这个孩子永远地被放弃了。肩上挑着这样的重担，老师们都是尽心、尽力、尽责地拉着每一个孩子往前走，并尽量让他们走得远一点，再远一点。

在学校，很多孩子性格内向，不愿意与人交流。我意识到他们缺的不仅是老师，还有与之真诚相处的朋友。于是，我利用课余时间，在操场上与他们一起跳绳、玩游戏，逐步打开他们紧闭的心门。学校80%的孩子是留守儿童，孤身在外的我视他们为亲人。通过平日悉心地照顾他们，用爱去温暖和感化他们，我很快就成为孩子们眼中的好朋友、心目中的好老师。

我总是精心设计每堂课程。在不断学习理论知识的同时，我一有时间就去观摩其他老师上课，去乡镇学校培训学习，学习他们的教学技能。通过对比，会发现自己有什么地方存在不足，这样就能快速地提高自己的教学技能。要上好一堂课，前提是要备好课，不上没有准备的课。在备课时，我不仅要参考课外辅导书，考虑本学校的教学资源，学生的综合水平，还要从学生的角度去备课。虽然备课花的时间比较多，但事实证明是值得的。一堂准备充分的课，会令学生和老师都受益匪浅。

山区的教学资源、教育环境与城市相比，存在着很大的差距。作为支教志愿者，除了教孩子知识，我还能做的就是帮助这些孩子开阔视野，接触外面更广阔的世界。在这里，学校的内部活动不多，孩子们的校园生活比较单一，缺乏健康成长的活动平台。

一个学校学生的精神面貌展现在各种活动中。有意义的玩耍也是一种进步，因此我想借助经典传统节日为契机，策划组织一些可以让孩子开阔视野的活动。

“拥抱青春·筑梦启航”书法比赛：希望每个孩子都可以做个有梦想的人。

观看博鳌论坛：引导每个孩子成为国家未来的栋梁。

六一文艺会演：告诉孩子们，即使没有优越的条件，你们也一样可以表演得出色。同时，六一文艺会演活动在CCTV7《聚焦三农》栏目播出，并受到广大主流媒体的关注。

1. 升国旗，奏国歌，全体人员行注目礼
2. 给孩子们讲授五四精神
3. 节水要从娃娃抓起——节水护水公开课
4. 志愿服务队在慰问前合影留念
5. 点燃读书梦，山区溢书香——世界儿童读书日专题活动

1	2
3	5
4	

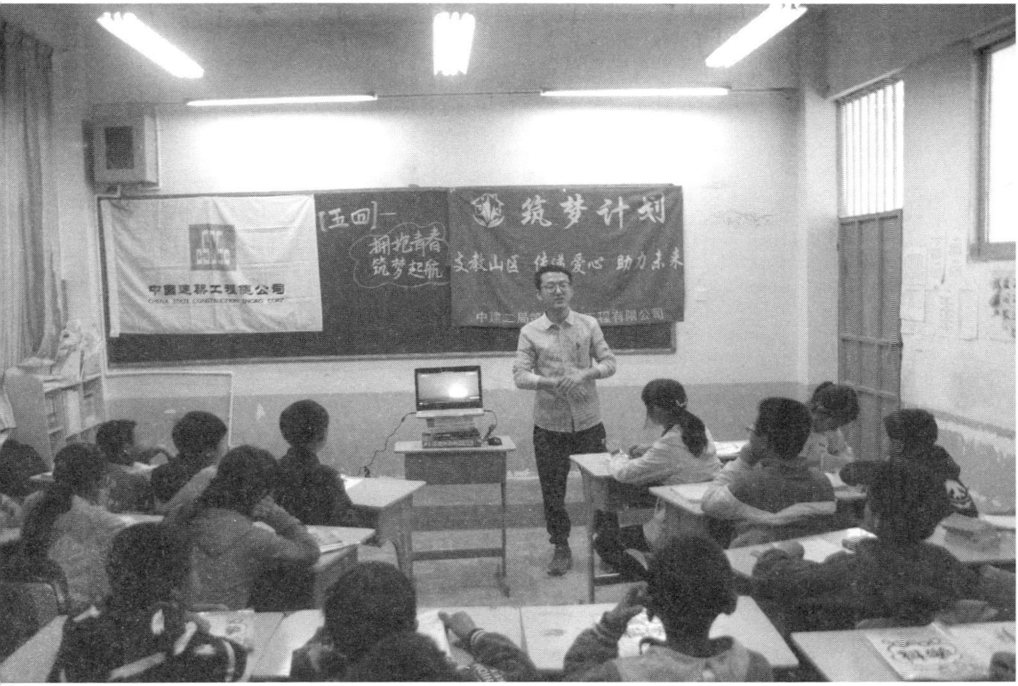
中国建筑工程总公司
[五四]—
拥抱青春
筑梦起航
筑梦计划
支教山区 传递爱心 助力未来

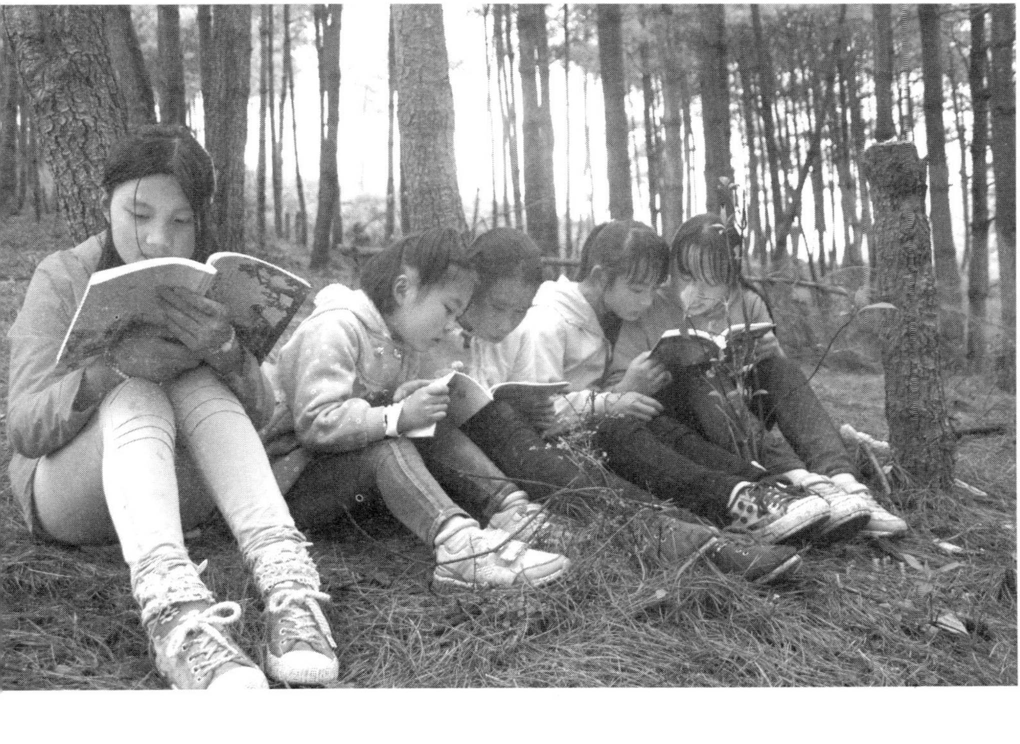

《大山深处的思念》：母亲节孩子们送给妈妈特殊的礼物，句句感人的话语永远存在我们的脑海。

半年来，我吃住都在学校，常利用工作之余与老师们聊天，叙家常，谈论一些生活和工作上的琐事。由于周末一个人在学校，他们经常会邀请我到他们家用餐！我打心眼儿里高兴，为他们能够接受、理解我而高兴，为我能够融入这个集体而高兴。

和孩子们一起走过的124天里，我尽最大的努力把知识与快乐带给他们，让他们感受到社会人士对他们的关心与帮助。教学上面，通过“知识+事例+实践”的方式，让他们品味故事背后的精髓，以此获取知识。这是他们的成长，也是我的成长。我们相互鼓励、相互温暖，勇敢面对成长道路上的艰难险阻，迎难而上，战胜一切！

曾经在我最需要帮助的时候，爱心人士和我有个约定——等我考上大学，带我走出大山。如今我接力了这个约定，带着孩子们走出去，去看看外面的精彩世界。我没有豪言壮语，没有华丽言辞，只有内心的一片真诚。

青葱岁月，似水流年，此刻的我依旧坚守着那份执着。从选择帮助别人、回馈社会的那一刻起，我就知道自己想要什么，并努力在实现梦想的路上不忘初心，一路前行。工作之余，我积极参加吉林省公益事业，坚持履行青年责任。其间，我与全国300名公益组织的小伙伴，为761名困境儿童送去暖心关爱；为河南、山西4800名灾民提供抢险物资；在疫情防控志愿服务中为10万名群众提供了帮助。

小善大爱，汇聚点滴。虽然不知道世上还有多少人需要帮助和关怀，但是我会尽己所能，让爱和快乐继续传递。

志愿服务，我一直在路上……

王羽，“青橙·筑梦计划”第七任支教老师

支教时间：2018年3月至2018年9月

曾获得：

中建二局三公司基础设施分公司2018年度优秀员工

云南省彝良县荞山镇中心学校优秀支教老师

中建二局三公司工会先进工作者

中建二局三公司“筑梦青春”演讲比赛三等奖

中建二局职工摄影大赛第一名

中建二局工会2020年度宣传工作先进个人

现任中建二局三公司玉溪水务环保项目综合办主任

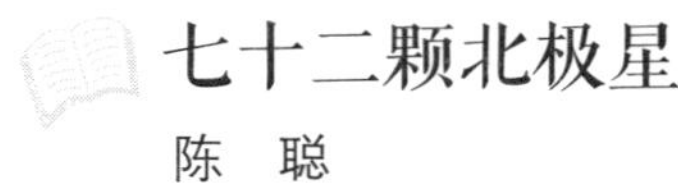

七十二颗北极星

陈　聪

我是晚上从青岛坐飞机到重庆，第二天从重庆和朋友自驾去木龙小学的。从早晨出发，用了整整一天才到彝良县，当晚在县城住宿。我感觉这里有点闭塞，除了公路，没有别的出行方式，而且不是高速公路直达，有百十公里路又破又窄，泥泞不堪。当时仅从公路状态这点，就可以窥见彝良这个地方的不发达。

第二天一早，我们直接导航到木龙小学，本来最多三个小时的路程，却走了近六个小时。导航可能为了抄近路，给我指到了河边（也许原来真的有桥），过不去了……又掉头回去，问了本地人后，才重新走到正确的路上。这一路全是山路，多数是土路，我们又不熟悉，因此走得很慢，时不时会出现房子和集市。到了木龙小学竟走过了，因为它实在是不起眼。最后在一个拐弯的水泥大下坡上（我们的专业术语叫小半径平曲线段），突然看见了学校的旗杆，这时候已经是下午两点了，我们才算正式到达。

木龙村因水库搬迁而建，并且接受了不少捐赠，整体感觉没那么破败，比想象中好一些。学校的杨老师出来接的我，六年级的学生在食堂南面围墙后的一间房子里给我组装了一张床，整间屋子除了这张床，其他什么也没有。我在学校对面的商店里买了些生活用品。朋友要赶在天黑前回到县城然后回重庆，帮我安顿好后就急匆匆地走了。突然静下来环视这个屋子，我的心里空落落的。

之后的日子里，让我印象深刻的是学生住的房子，大体可以分为两类：住在学校周围不远的孩子，家里的房子还可以，白色墙面，二层楼高，就是里面的单间小了点，显得不大敞亮。而大多数孩子住在学校四周的山上甚至更远的地方，几乎都是土坯房子，很多房子没窗户没地面，阴暗潮湿。换句话说，屋顶有一块透明的瓦，就从那里进点光，地面都是土的，都踩硬了踩亮了，很多坑坑洼洼。也有一部分房子是自己盖的砖瓦房，主体封顶了，墙面、地面都没抹灰，是比清水还清的房子。

有一次周末，我去一个学生家的路上碰到班里的一个男孩子在田里干活儿，他是班里个子最高的孩子。我问他每天都要干活儿吗，他说基本有活儿就干，但不是每天都干。爷爷奶奶的年龄大了，父母又在外打工，只有他能干。

自此以后，我比较关注他。他的成绩算中等。有一天，一位本地老师偶然跟我提到了他，说在他身上投入再多时间可能也是白费的，他的父母都不支持他读书，他多半上不了多长时间的学了……我记得当时问班里的所有学生，他们还想重复父母的生活吗，他的声音最大，说不想了！这样一个想要改变的孩子，父母却不想让他读书，可以预见今后他会遇到怎样的艰难。

周末的木龙小学，通常只有我一个人值守。每次我走上天台，看着老师们匆匆离去的脚步，望着孩子们渐渐消失的背影……四周渐次平静下来，喧嚣的校园又回归了寂静，只剩林间传来的虫鸣鸟叫。11月难得的夕阳洒在脸上，山里的黄昏容易让人想起旧事……

两个多月的支教生活，从兴奋到失落，从感动到心酸。兴奋的是，将要站在三尺讲台上面对一群素未谋面的孩子；失落的是，我未能让这里改变更多；感动的是，孩子们对一个外来人的好奇与热情；心酸的是，他们依然无法理解读书将会带给自己的意义。

孩子们的基础极差，六年级了依然不能完全掌握拼音读写，作文错字连篇，逻辑混乱，每次考试成绩及格率都不到一半。即使我不断地调整教学方法，也没有明显改观。我时时反思，造成这个现状的原因是孩子本身吗？不！

随着对孩子们了解得越来越深入，我才意识到，自己面对的并不是公益广告中闪闪发亮的眼睛，而是在几十年城市化进程中被撕裂的山村。

班里的18个孩子，有11个是留守儿童，3个为单亲家庭，这样的“家”，何谈家庭教育？他们或是父母进城打工，或是遭遇家庭变故，失去了人生第一次学习的机会——通过父母的言传身教来认识这个世界。我教的孩子们，最大的乐趣就是下课后围在有智能手机的同学身边一起打游戏。科技文明进步的弊端，在家庭教育缺失的环境下显露无遗！

今天的木龙村，越来越多的人开始“走出去”。背后无法忽视的是，学习好的孩子和能闯荡的青年都争相离开了，只剩下朴实的老人、年幼的儿童和闲散懒惰的无业人员，构成了山村社区，且年复一年。可想而知，孩子们会受到怎样的影响。我来到木龙小学召开的第一次家长会上，一眼望去，满目都是妇孺老人。

在我们心中，读书就是最正确的路。而村里的孩子们，面对家庭教育的缺失、糟糕环境的影响，学校的教育几乎微不足道。我到木龙小学第一次进行家访，就是为了找回名单上辍学的适龄儿童……不难想象，孩子们眼里的世界：十几岁有了一点力气，只有两个选择，读书或打工。在学校里读书越来越难熬时，出门打工就越来越流行。

面对孩子们消极的学习态度和成绩，我却无力批评。《了不起的盖茨比》中有一句经典台词令人印象深刻："每当你想要批评任何人时，你就要记住——这个世界上并不是所有的人，都有你拥有过的那些优越条件。"

山区的教育问题，是城乡巨变的缩影，需要时间来慢慢改变。40多年前，我们的国家还几乎全部处于乡土之间。从小岗村包产到户，1977年恢复高考……尤其是"南方谈话"之后，东南沿海跨越式发展，迅速进入工业化时代。改革的春风吹遍大地，却始终难以吹遍被高山大河隔绝的西南、西北等偏远地区。而我们今天想的，就是以教育为突破口，从未来入手，虽然单个组织或个人所能做的是微小的，但是终有一天会集腋成裘。

来到木龙小学后，我遇到了许多挑战。支教并不如宣传片一般美好，山村里的许多情况不符合我的价值观，用尽心力教导的孩子也让我无奈。但站在高处指责别人是容易的，唯有深刻理解、寻求改变才是有价值的！

从10月开始，天气转凉，学校一直在集中抢课。因为教室里没有取暖设施，所以要提前讲完本学期的所有课程，以免进入冬季后，学生们无法写字，影响教学进度。上周，我刚刚讲完了最后一节课《大自然的语言》，文中提到了过去的海员们如何依靠北极星辨别方向。

北极星是遥远夜空中最亮的一颗星，它给我带来了启示。我每天给孩子们播放两个音频故事，15分钟左右，既为了增加他们的知识储备，为写作文提供素材，也为了能潜移默化地改变他们的观念。根据课程安排，我还能给他们讲六七十个故事。

所以，我们一起把这个活动命名为“聆听七十二颗北极星”。七十二颗北极星，是七十二个故事，关于改变命运的故事，关于打破枷锁的故事，关于坚持奋斗的故事……希望点点星光汇聚成灯塔，照亮他们还漫长的求学路和人生路。

有几个故事记忆犹新。

班里有几个男孩子爱打篮球，我就给他们播放了《被开除的乔丹》。我问过其中一个男孩，他说以后也想打NBA。但他并不知道就是全中国也没几个打过的，甚至城市里从小训练的大多数球员别说NBA了，这辈子都够不到CBA。我没给他们讲这些，也不关心这几个孩子的技战术水平如何，只认为有必要维护他们的梦想，因此支持他们在学习之余好好打球。

披荆斩棘
奋发图
聆听七十二颗北极星
最能帮助你的是你自己
筑梦计划
支教山区 传递爱心 助力未来
建筑工程有限公司

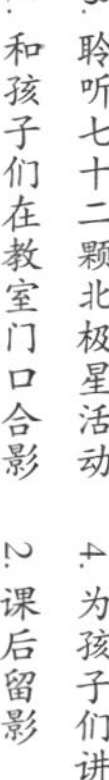

1 | 2
3 | 4

1. 和孩子们在教室门口合影　2. 课后留影

3. 聆听七十二颗北极星活动　4. 为孩子们讲解宪法

“凿壁偷光”的故事一度成为学生们热议的话题。之后，我解释道：“村里虽然经常停水停电，但还没到‘凿壁偷光’的程度，为什么匡衡要这么做呢，因为他的求知欲，想读书却没有条件。你们不想重复村里祖祖辈辈的生活，学习是唯一的捷径，要珍惜眼前的条件。”教室里沉默了，我大声地问他们：“你们还想重复你们父母的生活吗？”他们大声回答：“不想了！”

很多年前，我在《青年文摘》上看到一篇文章。大意是：七八个山里的孩子，遇到了一位受过高等教育，却又因为各种原因留在农村的老师。这位老师在20世纪80年代可以说是眼界宽阔、特立独行，他用自己的钱，带着这七八个孩子，在假期去北京、上海穷游了一圈，去了大学、游乐园、博物馆等地方。这几个孩子平时连汽车都很少坐过，这一去受到了空前的冲击。回去后，在老师的循循善诱下，多年以后他们纷纷走出大山，在城里成家立业。文章的主人公是这七八个孩子中的一个，现在是一名医生。他说：“我从来不知道原来世界上有人过着那样的生活（指城市），我一定要努力走出大山。”我跟学生们说了故事，又说：“你们每天在电视上看到火车，有人坐过吗？有些精彩需要亲身体会，希望你们好好努力，然后自己去体会。”

我们的到来，令一部分学生拓宽了视野，想要去看看外面的世界。但总体来说，支教对整个乡村教育的影响是有限的。双河本地曾有一名年轻老师，教数学，他带哪个班哪个班成绩第一，人人称赞他是教育精英，但是他已经去县里了。这样的人才哪儿都需要，难道可以因为乡村教育不行就强制留下这位老师在村里吗？不行。换了是我，我也追求去更好的环境。既然村里留不住人才，那么我们的到来在一定程度上能缓解这个矛盾，所以有必要继续进行下去。

最后，借用《激荡三十年》中的一首诗与学生们共勉：把酒临风，你和中国一起老去，长廊贯穿春秋，大门口的陌生人，正砸响门环！

愿我们一起走过这城乡巨变的时代！

谨以此，作为一点点改变的开始。

陈聪，“青橙·筑梦计划”第八任支教老师

支教时间：2018年9月至2019年1月

现任中建二局三公司北方分公司呼伦贝尔万达广场项目党支部副书记

心　迹

徐　朴

跨越1900多公里，从广东省广州市到云南省昭通市彝良县荞山镇木龙小学。途中有近七个小时的行车路程，让我对即将生活四个月的地方有了一个浅显的认识，这里有数不尽的山、走不完的路，还有看不透的雾。

这里的山，虽不及五岳巍峨壮丽，也没有名山大川的秀美，但是它有自己的气息。倘若将五岳比作威风凛凛的将军，那这里的山就是充满着杀气的御林军，它们连绵如一支军队，寸步不移地守护着祖国的西南边陲，让人望而生畏。可是坐落在它们身上的一间间民舍，纵横在它们之间的一条条路，却又让这支“军队”有了温柔的情感。它们养育着世世代代生长在这里的人。对这里的山，我的感情从这一天起变得复杂了起来，敬畏且爱戴。

这里的路，蜿蜒且崎岖。在这条路上行进的时候，不知道自己与路的下面有着多远的距离，也不知道自己正在何等的高度上前进着。直到经过九曲十八弯，走到了下一座山的山路时，回首望一望，才知道自己与山脚有着数十米乃至百米之隔。偶尔看到半坡翻停的卡车，会让人产生一丝寒意。这里的路，虽然不及蜀道艰难，但也不仅仅是一个险字能描述的。

让我尤为难忘的，是这里的雾。从灯火通明的昭通市到四面环山的彝良县，50多公里的山路，大部分是被令人看不透的雾笼罩着。只有不到五米的能见度，不到临近转弯路口的时候，你不知道自己是要向左还是向右转；八米左右范围内看到的只有迎面而来的两只眼睛，若是辆白色的车子，只有快要擦身而过的时候，才能看清它的真面目。人永远也看不清路边下去有多高，入眼的只是白茫茫一片，或许神话故事中的腾云驾雾，说的便是这种感觉吧。

就是这样的山，这样的路，这样的雾，仍有数不清的车子在疾驰，因为这条路连接的是彝良县城与外面的世界。穿过这迷雾笼罩的路，就到了坐落在群山中的彝良县城。从彝良县城到荞山镇木龙小学，少了看不透的雾，越来越多的是数不尽的山，还有走不完的路。

一路上，我有了大量思考的时间。我有着许多对这山、这路的赞美，也有着许多对这里的感叹。

在与上一任支教老师陈聪的交谈中，我发现这里的孩子们仿佛被这雾笼罩得太久了，从而缺少了一种对外面世界的向往与追求，更少了探索外面世界的欲望。这里的孩子好像是陶渊明笔下的“桃花源”人，对外面世界的了解，仅是从一位位支教老师，还有外出务工的父母口中得知。他们抬起头就是这山，向远处望就是那雾。他们的心头也都是这数不尽的山，看不透的雾。阳光普照大地，可以驱散山顶的雾；可他们心头的雾，又怎样驱散?

我想做的就是变成那一缕光，驱散孩子们心头的雾。这不仅仅是我，也是所有支教老师共同的一个梦想吧。

一到学校，简单的寒暄之后，校长就给我分配了教学任务：“明天就上课，六年级语文、阅读和科学课。”尽管很突然，但事实就是如此——在到达的第二天，我从早上8点开始，一直讲到中午11点30分才结束。虽然感觉自己已经做好了准备，但真正面对19张单纯的面孔时，还是有些许紧张。

尽管头一天长途跋涉很累，但知道第二天就要走上讲台时，我还是既兴奋又紧张，几乎一夜无眠。我不能辜负公司上下对我的期望，更不能辜负我的良心和责任。我可能做不成最好的语文教师，但要做最好的自己。在开启孩子们智慧的同时，更重要的是激发他们对生活的热爱、对文学艺术的向往、对崇高理想的追求，我觉得这是我能够做到的。于是，我开始认真备课，决心上好第一堂课。

第二天上课时，我想起出发之前在北京的时候，与上一任支教老师陈聪的一次对话。他说："我上最后一节课时问了孩子们一个问题，就是你们将来还想像你们父母一样吗？"然后，孩子们异口同声地回答："不想！" 所以，当我站在同样的讲台上时，已经知道他们渴望的是什么。我不必去问什么，需要的是去做什么，引导孩子们去做，去追求。于是，我从写作讲起。我在黑板上写下了一段话："2019年3月14日，我响应公司号召，来到木龙学校做一名语文老师。历经三天两夜，我终于到了这里，跟孩子们在一起。"我让他们在这一段话中去找时间、地点、人物、起因、经过、结果。孩子们很聪明，一下子就在这段话中找到了这六个要素。然后，我让孩子们中看起来很淘气的一个，带领大家一起读第七课的课文——《聂将军和两个日本小姑娘》。然后，我让他们找出这篇课文中的记叙文六要素，他们也是一下子就找到了。我很意外，也很激动，他们如此聪明，上课时又这么专注。围绕着记叙文的写法，我很快讲完了一上午的课。

在最后一节课的时候，我问他们："你们知道自己想要什么，或者说你们知道自己的梦想是什么吗？"出乎意料，他们没有像小时候的我们一样，昂起头严肃地说：“我想当一名科学家”“我要当警察”。他们给我的回答是：“我想要一辆法拉利！”“我想要一间别墅！”言语中是那么自在与得意。这着实令我震惊！我一时竟无言以对。我告诉他们：“你们想要的这些，没有人会送给你们，也没有不需要努力就可以获得的条件。唯一获得这些的途径就是好好学习，这样才有机会获得你们想要的东西。”其实，我是想说，生活不只是追求物质，还有诗和远方！我知道，这些东西只能慢慢地渗透给他们。

上课第一天，让我切身感受到了“教师，是人类灵魂的工程师”这句话的含义。作为一名建筑工作者，为山区的孩子们建造生活的大楼或许更容易些，此刻，我更明白为他们构筑心灵的大厦才是重中之重，而且任重道远！

清明节到了，孩子们就要放假回家了。作为老师，我想用这个节日给他们讲一些道理。

清明节前夕，也就是孩子们放假前一天，我跟学校其他老师商量过后，决定利用最后一节课，给孩子们讲述“凉山31名救火队员”的英勇事迹。在讲述后，我告诉孩子们：“即使现在是和平年代，也有无数奋斗在各个战线上的英雄在保护着我们！”孩子们深受感动。在活动最后，我们老师和孩子们集体为凉山31名牺牲的烈士默哀。

后来，我又带着十几个孩子在学校的教室里观看影片《建党伟业》。可能是因为年龄还小，不知道那些历史，刚开始的时候，孩子们都是迷迷糊糊的状态。我知道，又到了自己该出场的时候了。

我暂停了影片播放，对孩子们语重心长地说："虽然你们还小，但是作为一名中国人，必须知道中华民族曾经受过的屈辱，也必须知道有无数的革命先辈，为了我们祖国的独立、自由、解放而牺牲了自己的宝贵生命！"

随后，我问孩子们："你们知道国旗为什么是红色的吗？"

孩子们异口同声地回答说："不知道。"

我大声地告诉孩子们："因为国旗上面洒满了我们革命先辈的热血！这面旗帜是他们用血染成的！"

或许是受了我的感染，孩子们都开始认真地观看电影。每当情节发展到孩子们可能不理解的时候，我就暂停播放，给他们讲解那段历史。最后，在孩子们依依不舍的目光中结束了这次观影。我知道，即使有我的讲解，他们也可能不太理解电影的内容。但是，我相信孩子们会记住我说的那句话。

作为一名新老师，想要融入孩子们中去，家访是必不可少的。这是一条崎岖的路，也是让我感慨万千的路。

第一天家访，去的是班里面距离学校最远的几个学生家。从3点半放学，吃过晚饭4点多一点，我们就从学校出发了。蜿蜒的山路绕过三个大弯，几道小弯，直到晚上6点我们才走到他们的家，路上还碰到了这几个同学。我与同行的老师自不必说，成年人步子大，尚走了两个小时，而这些三五年级的学生呢？到了冬天，天黑得早亮得晚，几个孩子天不亮就要出发，蜿蜒的山路两旁没有一丁点防护，滚落下去便难寻身影。到了晚上9点多，我才回到自己的小屋。第一天家访，我便感慨这路之远，路之险。

第二天，我又去了另一个学生家里。他的爸爸被搞传销的人害死了，妈妈又扔下他跑了，只剩下他与奶奶生活，由叔叔提供日常生活费用。在我布置的作文里，他不止一次地想起自己的爸爸，这是更大的痛楚。

第三天去的学生家里，也有着类似的命运。不同的是，他的妈妈没有抛弃他，但他的家庭却困难得多。低矮的屋顶，破旧的沙发，还有陈年的核桃，其他的就不作描述了。这一天晚上回去后，我跟同行的老师小酌了一杯，一路上压抑的泪水都融进了酒里。上天已经关上了他们的门，那留给他们的窗又在哪里呢？这一天，我感慨这生活之苦，命运之多舛。

由于县里教育局要来检查，加之学生们处于小学升初中的重要阶段，许多计划好的活动都被耽搁了，五一劳动节也是如此。本已做好计划，但都被打乱了，我只得用自己的方式给孩子们准备五一劳动节的礼物了。

老师们都各自回家，趁着停电，我又有了宝贵的单调时光。凭着对几个学生家的记忆，我找了过去。一方面，是想看看他们假期里是否继续学习；另一方面，也是想按照我的想法给他们一个五一劳动节的礼物。

寻到了第一家，他远远地望见了我，我也认出了他。本来正在活蹦乱跳的他，待我走近了的时候，却是拿着书本在安静地写作业。想必是看到了我，他才慌忙地做做样子吧！我也不拆穿他，只是安静地看着他。他也只是写着，还不时地向我抱怨作业太多了。我只是笑着，没有说话。稍坐了会儿，我笑着问他："跟我下山玩啊？"因为我是住在他们家下面的，所以邀请他下山玩。令我吃惊的是，本来活泼的他竟然拒绝了！他说作业太多，不敢去玩，怕写不完挨我的板子——放假前我是说过的，没写完作业的人要挨板子。现在看来，这句话确实是影响了我的计划。这时，他的妹妹走了进来，原来是遇到了不会写的字来求助哥哥的。只见他的头挨着妹妹的头，手握紧妹妹的手，一笔一画地教了起来，和他平时活泼的样子实在是大相径庭。我实在不忍打扰这安静和谐的画面，便跟他妈妈告辞了。

除了几家还搞不清楚路，有两个学生偷跑了出去，剩余的六七名学生都跟我下山来玩了。说是礼物，其实就是简单的一顿野餐。因为停电，家家户户也都是烧起柴来做吃的，不如我带他们在户外烧来吃。在村里的商店买了些吃的，又从我那儿拿了些远道而来的食品，我们便出发了。

目的地不是很远，就在学校下面的河边。都是走惯了山路的人，我们很快就走到了地方。我本以为他们平时在家都做家务，于是让他们去寻找柴火，我搭锅灶。不料他们找来的柴火竟不是木头的，烧完没有炭，只有些灰。这让我们不得不一边烧烤，一边寻着柴火往灶里面填。本来出去玩，我是很开心的，就买了些啤酒准备自己喝，给孩子们准备了矿泉水。但让我吃惊的是，他们竟然也会喝酒，虽然喝得不多，却也实实在在地喝了下去。

酒足饭饱后，我们挨着坐在河边，静静地聊天。我说："作为你们的老师，我送你们六个字，凡事多想想这六个字，你们就会做得很好。"他们都好奇地看着我。我接着说道："这六个字就是'为什么'和'对得起'。"

孩子们面露疑惑的神色，我继续解释道："凡事问问为什么，就像考试，多问问自己为什么错的比别人多，为什么讲过的题还会错。多问问为什么，就知道该怎么去努力了。而对得起呢，就是做人、做事，要对得起天地良心，对得起父母朋友，对得起关心、在乎你的人，就不会错。这就是‘为什么’和‘对得起’。再有一个多月，老师就要告别你们了，但我希望这六个字你们一定要记得，时时刻刻地问自己‘为什么’，还有问问自己是否‘对得起’那些在乎你们的人。”话说到这儿，似乎有些伤感，看着陷入沉思的学生们，我的内心只有深深的不舍。

突然，一个孩子问我：“徐老师，我们还会再见面吗？”我看了看远处被雾遮住的山，回答道：“有缘再见。”我实在不想让这个话题更加伤感下去了，也没有想到他们会问我这个问题。我径直地走到河边说：“我给你们照个合影吧。”说着，我偷偷地拭去了眼眶里的泪。他们很快摆好了姿势，我给他们照了两张合影，愉快又伤感的一天就这样结束了。

这就是我给他们准备的礼物，一次野炊，还有六个字。

“五一”一过，很快就是“六一”。

记得刚到这里没多久，我曾经问过一些孩子：“你们想要些什么礼物？”本来以为贪玩的年纪，他们会选择些遥控玩具之类的，但更多的答案是：“我想要一套新校服。”我将孩子们的愿望反馈给公司，公司迅速地给了回应，在“六一”儿童节那天，孩子们将会收到他们梦寐以求的校服。

到了“六一”儿童节前夕，由于上山的路被封了，已经到了山下的校服不知道怎么才能送到山上来。学校的老师经过商量，为了让孩子们在“六一”那天收到他们期待的礼物，决定由两位老师下山去取校服。早早地下了山，途中还有一段不短的山路，直到晚上，两位老师才抬着沉重的100套校服回到学校。

第二天一早，我们将孩子们集中到操场，给他们分发渴望已久的校服。孩子们拿到他们的新校服，脸上绽放出灿烂的笑容。

随着考试的一天天临近，我与孩子们都要与木龙小学说再见了。本来计划着在考试之后，给孩子们举办一个正式、盛大的毕业欢送仪式，但计划往往赶不上变化。由于县教育部门要到学校检查，我们只好把计划好的毕业仪式分成两次举行，先给孩子们举办一个毕业晚会。

某次周五，我随着其他两位老师一起到县城，给孩子们准备毕业晚会的东西以及送给他们的毕业礼物。到了周六上午，由于检查组的人随时可能到校检查，我们又急匆匆地从县城返回学校。到了学校的时候，我发现同学们都已经到齐了，教室也都布置妥当了。我们便在下午2点开始了毕业晚会。

第一个环节，是每位老师给木龙小学第一届毕业生送上毕业寄语。老师们在话语中一方面表达了对孩子们的期望，希望他们能考出优异的成绩；另一方面，则是充满了深切的不舍，不管是否教过这些孩子，但毕竟在一个学校里生活了六年，每位老师对孩子们都有着深厚的感情。

第二个环节，是同学们依次对老师们表达感谢。有些孩子不善于表达，拿起话筒说一句便匆匆地坐下了；有些孩子则是悉心地准备了发言稿；还有些孩子发言的时候，泪水一直在眼眶里打转。

最后一个环节，则是学生代表给老师们敬酒，以表达他们最真挚的谢意。在六年级两个老师的带领下，老师们共同举杯，同学们则是以奶代酒，共饮了这杯饱含师生情谊的酒。在此期间，我注意到与我共事的那位老师，一位30多岁、教龄10多年的男人，眼镜已遮不住湿润的眼眶。

在老师们的带领下，师生们在教室里尽情欢唱，即使分别将至，也要留下最美好的回忆。但最美好的时刻总是容易被打断，镇中心学校电话通知，将到学校进行初检。校长收到这个消息之后，只能满怀歉意地宣布毕业晚会结束。这也导致此次晚会给老师和同学们都留下了不小的遗憾。但故事还没有结束。在他们考

1 | 2
--- | 3

1. 第一堂课，记叙文六要素
2. 和孩子们一起阅读
3. 孩子们在旗杆下看书

试后的某一天，我们还会有精彩的毕业欢送仪式等待他们。

但我觉得最后的告别，是在他们考完试、完全轻松的时候。于是，我又组织了一场告别野炊，同时将各位支教老师送给孩子们的毕业礼物发给他们。

下午2点，所有同学在学校里聚齐，由我和他们的班主任老师带领着到河边野炊。孩子们依次背起了我事先准备好的烧烤食物，乖巧地向河边进发。到了河边，大家开始忙碌起来，进行着烧烤前的准备，有的搭灶台，有的捡柴火，忙得不亦乐乎。由于其他老师还要正常上课，我们只能先烧烤一部分，等着他们的到来。很快，老师们依次来了，可是天气却阴了起来。由于害怕下雨，所以只能带孩子们先行返回学校分发礼物。

孩子们的礼物很丰富，有李莹老师准备的书籍，有冯恩迪老师准备的可乐和台灯，有王羽老师准备的沙漏，还有我准备的书包和笔记本。我在班里给他们上了最后一节课，主题是珍惜。虽然我对他们很严厉，甚至有时候骂得他们狗血喷头，那正是因为“爱之深，责之切”。我深深地爱着我这一批学生们，我希望他们有更好的未来。当我问他们：“你们恨不恨我？”他们给我的回答是一致的——不恨！这很出乎我的意料。我原本以为他们对我这个严厉且口舌“歹毒”的老师一定是恨之入骨，甚至将对我的恨意转化为他们学习的动力，以此“报复”我。但他们竟然毫无恨意。我很开心，想必没有哪位老师希望自己的学生带着对他的恨说再见吧。

但是，无论说些什么，都无法改变我们将要分别的事实。我将要告别他们，而他们也将要告别自己愉快的小学生涯。我在每个孩子的笔记本中都写了寄语，是根据我对他们的了解以及平时表现来写的，里面表达了我对他们最真实的期望。我最大的期望就是孩子们可以继续努力，用知识改变自己的命运，想必这也是所有老师对他们的期望。

徐朴，“青橙·筑梦计划”第九任支教老师

支教时间：2019年3月至2019年7月

曾获得：

2019年中建二局三公司华南分公司优秀共产党员、优秀支教教师等

现任中建二局三公司华南分公司佛山金茂湾瑞园项目生产经理

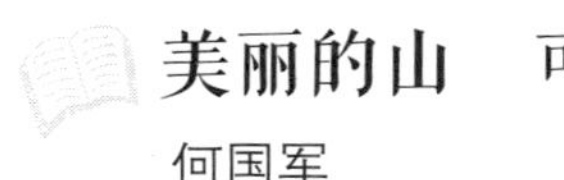

美丽的山　可爱的人

何国军

我是在2019年9月11日开始启程的，奔向孩子们启航的地方。这里虽然偏僻，却饱含着原生态的美丽。天气晴朗，风暖气清，双河村被大山包裹在中间，在学校就可以看到山上的绿色植被和绿油油的庄稼，这里是天然的“大氧吧”。

经老师们商讨后，学校最终安排我带一年级的数学、科学、思想品德、体育、音乐。那年的9月13日是中秋节，老师们邀请我去他们家过节，我委婉地拒绝并决定留在学校。之前没有教过小学生，我想利用放假这几天看看教科书，以勤补拙。

上午，我在办公室备课的时候，有两位胆大的同学突然进来主动和我说话，一位是皮肤黑黝黝、留着长辫子的小姑娘，另一位是长着一双小眼睛、留着短发的女孩。

她俩问我：“你是新来的支教老师吗？”

“是呀，你们读几年级啊？”我回答。

“我读二年级，她读三年级。老师你教几年级，教什么？你在干什么？”她俩问。

我把手中的数学书给她俩看，她俩嘿嘿一笑，长发女孩指向短发女孩说：“她学习很好，我不会的都问她。”

我看着她们：“你俩要是有什么不会的，有问题随时可以来找我，我教你们。”

她们还是有些腼腆地点了点头，慢慢地走向书架拿下一本书看着我。我点头说：“你们想看什么就看什么吧。”两人高兴地拿着书开始阅读起来。

不一会儿，短发姑娘羞涩地对我说：“老师，我们想画画。”

我给她俩找来A4纸，她俩就趴在桌子上开始画起来。我起身去看她俩的画，两人却用小胳膊把画压住不让我看。我又回到原位继续看数学书。长发女孩跑了出去，不一会儿就跑回来，我看到她手中抓着一些东西。令人意外的是，她俩给了我一张纸和两个月饼，然后就跑了。纸上面写着几个稚嫩的字，“老师，祝你中秋节快乐”。我被眼前这张A4纸感动了，她俩给了我前所未有的感动。

我下决心要尽全力把学生教好。虽然不太熟悉教育领域，但是我也明白了一些道理。小学一年级课程看似简单，对于孩子们来说其实非常重要。这好比盖楼，只有地基够稳够扎实，楼才能越起越高。我在网上找了许多与教学有关的视频、儿歌和动画，希望以此来带动课堂活跃度，增加孩子们的学习兴趣，能够早日主动学习，而不是被动地接受。俗话说“十年树木，百年树人”，教育是一个漫长的过程，需要老师耐心引导，细心教学。

2019年9月16日是星期一，正式开课，当我第一次踏进教室，见到这群活泼可爱的小学生时非常开心。在班里我看着他们，他们望着我，一双双清澈的眼睛在泛着光。我首先做了自我介绍，告诉孩子们：“我叫何国军，是你们的数学老师。当然，我还会教你们科学、思想品德、体育、音乐等。”他们听后手舞足蹈，非常高兴。

第一节课时，我并没有讲数学，而是让每个人面对全班同学进行了自我介绍。他们一般都很腼腆，有的说话声音很低，我站在最后几乎都听不到他们的讲话；有的自己介绍得很丰富，介绍自己叫什么，几岁了，喜欢干什么，家住在哪里，家里有几口人。通过简单的认识，有几位同学引起了我的注意，我在花名册上进行了标记。

班里一共有19名学生，10名女生，9名男生，其中有2名学生没有学籍，还没到上学的年龄。从这里可以看出来，家长们非常渴望让孩子们多学点东西。班里学生的大多数家长都不识字，在文化上吃了亏，不希望孩子长大后又和他们一样。

上了两天的课，我发现班里同学们掌握的东西处于三个阶段，第一个阶段是什么都不会，甚至说话都说不清楚；第二个阶段比较正常，了解了一些，知道了一些浅显的道理；第三个阶段学前教育接受得非常好，比班里其他同学掌握的要多一些。

其中有一位女学生，引起了我格外的注意。我提问问题，她虽然和其他学生一样积极踊跃地举手，但是一被叫起来提问就什么都不知道了。在我查看家庭作业的时候，发现她的本子上什么都没写，和刚买回来时一模一样。我问她为什么不写，她说不会。当时，我就很纳闷，回到办公室后，就把班里的情况和其他老师说了。从老师们的口中得知，她没有上过学前教育，是零基础。我顿时感觉压力很大，脑子里出现了这些疑问：如何让她能够学到东西，如何对她进行引导，如何让每一位同学不掉队。我把自己的困惑向其他老师述说后，有经验的老师告诉我，学习是个日积月累的过程，急不得，你可以从最基础的内容开始教她，下课后再让学习好的学生对她进行辅导，一举多得。这样既可以让差学生学到东西，又可以让好学生进行巩固，还可以培养他们的互帮互助精神。我豁然开朗，就按照这样的方式进行教学，效果还不错。我偶尔还会给她开小灶，单独对她进行教学，教她写字、读书。有几次，我单独教她的时候她哭了，哭得那么委屈，那么伤心。虽然她哭了，但我的心更加坚定，一定要好好地教孩子们学习，争取把我会的都教给他们。学习是一个漫长而又枯燥的过程，只有用心教学，才能让孩子们学到更多。经过一段时间的学习，她已经认识了并会写1、2、3、4、5，左、右、前、后，这样简单的数字和汉字了，我感到非常欣慰。

在教学过程中，我发现一位男孩子上课虽然认真听讲，积极回答问题，但是他的家庭作业几乎不写。我问他为什么，他也不说。我打开书把之前学过的汉字和数字指出来让他认，他也能认识，这让我更加不解。有一天，我并没有布置书本上的作业，而是在黑板上写了一些习题。我看别的同学都抄完走了，就只剩他坐在座位上发呆。我走过去问他为什么不抄，他只是盯着我看不说话。当时我有些生气，就对他说："你不抄完，不允许回家，什么时候抄完什么时候回家。"在我的"恐吓"之下，他开始动手抄题。在他抄题的时候，我突然有了个想法，就是去见见他的家长，希望跟家长一起督促孩子的学习。

于是，我找到赵老师，他是一年级的语文老师。我向赵老师说了心里的想法，赵老师没有拒绝，并且愿意一起陪我去见见那个男孩的家长。在回家的路上，我问男孩从学校到家远吗，他说不远。可这个“不远”还是很远的，我们步行了差不多40分钟才到他家。当时，天刚下过雨，山路不好走，到处都是积水。我们要绕过湍急的河流，沿着山路走，在去的时候没有发现山体滑落，回来的时候发现道路上有一些大小不一的石头，上面还带着泥巴。很明显，这里发生了山体滑坡，非常危险，雨天时走这种山路要格外小心。

我虽然已经做好了心理准备，但还是让我感触很深。走到半山坡，就到了男孩家的住处附近。这是由七八户人家一字排开组成的一个小片区，顺着小道往里面走了许久才到他家。这些房子里有猪圈，还有一片菜地，里面种植着玉米、花椒、白菜等。他家门口挂着一些晒干的玉米棒子，以备冬天食用。进入门庭后是非常空旷的大堂，左边是男孩家，右边是另外一家。他们一家三口挤在一个不到30平方米的小屋里，家里的采光也不怎么好，只有一束光线照进房间里。他的妈妈坐在床上，地上放着一个大盆，里面装着猪饲料。

通过聊天，我得知男孩的爸爸55岁了，是个地道的农民，不识字；妈妈是有沟通障碍的残疾人，家里的所有事情都是爸爸一个人做的，家里只有他一个孩子。爸爸的脸上写满了沧桑，一脸的严肃，可以看得出干农活儿非常辛苦。当我、赵老师与孩子的爸爸坐在一起的时候，男孩站在门口不知所措。爸爸叫他过来的时候，他突然哭了。我感受到了男孩的压力与害怕，当时我的心里万分痛苦、非常煎熬。我走到男孩身边用手擦去他脸上的泪珠，努力安慰他不要怕，男子汉要顶天立地，不能随意流泪。我牵着他的手让他坐到爸爸的对面，刚坐下他又哭了。爸爸给男孩的压力也很大，于是我进行了第二次安慰与鼓励。

我询问男孩的爸爸是否每天都督促孩子学习，可惜没有得到想要的答案。我和赵老师对男孩的爸爸进行了开导，教给他如何监督孩子学习，他也很认真地听着。在男孩的爸爸面前，我和赵老师打开书，指着几个字让孩子读，都能读出来。我终于看到了男孩的爸爸脸上出现了笑容。我们和男孩的爸爸说在学校由老师来教学，但是回家后还需要家长进行配合监督。男孩的爸爸爽快地答应，还再三叮嘱我们要多教教孩子，不能像他这样成为文盲。我深深地体会到男孩的爸爸对自己的无奈和对知识的渴望，多么单纯的父爱，就是想让孩子多读书多识字，用知识来改变命运。离开的时候，男孩的爸爸将我们送出院子后，表示还要继续送一段路程，我们委婉地拒绝了。在之后的几天里，我发现男孩的作业都是完成的，而且达到90%的正确率，看来没有白做男孩和他爸爸的思想工作。

时间一晃就到了国庆节。学校为庆祝中华人民共和国成立70周年，准备了一系列爱国主义活动。首先，是制作以“热烈庆祝中华人民共和国成立70周年”为主题的黑板报。当我找到一些学生的时候，他们说不会出黑板报，怕出不好。我说：“没事，我带着你们一起制作。”我在网上收集了一些样板，将它们打印出来分给学生们。我先教他们用粉笔在黑板上描绘出各板块的大致位置，然后绘制报头、花边和画，并将其填充颜色，最后填充文字，补充不足。

其次，安排一、二年级学生每人画一幅与爱国有关的画。当我把A4纸发给他们以后，他们说不会画画。我对他们说：“只要你们用心画，画出来什么都是好看的。”孩子们听到我说的话后非常高兴，有的还说要画国旗，要画小兔子等。

最后，当我和四、五、六年级学生们说每人要制作与爱国有关的手抄报时，当场就有同学问我什么是手抄报。我解释说手抄报和黑板报类似，只不过黑板报是将内容画在黑板上，手抄报是将内容画在纸上。我还在班里用电脑搜寻了一些手抄报样板给他们作为参考。看完之后，我对孩子们说：“只要大家用心去做一件事情，那就一定会完成。你们要学会享受用心去完成一件事情的过程，结果固然重要，但是过程也很精彩。”

布置完画画和手抄报的第二天，就有同学主动找我，说画好了。当看到他们的作品时我有些意外，没想到他们第一次制作居然做得这么好，简直超出了我的想象。我们几位老师们选出优秀的绘画作品和手抄报，贴在操场的黑板上。

国庆节的意义在于庆祝，更在于铭记。放假前夕，老师对学生们集体开展了一次爱国主义和革命传统教育，组织同学们共同观看国防教育讲座，让大家详细了解当前的国际形势；我国周边安全形势；新时期强军兴军发展战略等。同时，老师呼吁学生们认真思考，努力学习，做一个理性的人，做一个有用的人。并借助《开国大典》影像档案，重温峥嵘岁月，感受革命精神的伟大力量，让学生更好地树立民族自尊心、自信心和自豪感。

无论是个人发展还是祖国未来，教育都是一项希望工程。点亮希望，追逐希望，老师既是引路人，也是铺路人。学习是件漫长又枯燥的过程，如何在这一过程中发挥孩子的天性，做到劳逸结合、德智体美劳全面发展，是我们学校和老师必须考虑的事情。当然，其中有些是人力可及的，有些则是心有余而力不足的。

于是，在我向公司反映了学校的状况后，公司领导马上组织全体员工进行募捐，用以大力改善学校贫乏的教学资源现状。这体现了中建人无偿奉献，关爱社会弱势群体的大爱，是回馈社会的表现。短短半个月的时间，教学资源就筹备到位。随后，公司又立即派人对学校的老师和同学们进行慰问。

2019年12月4日，公司领导刘令春等人千里迢迢地从天津赶到云南昭通。那时气候异常冷，天空已飘起雪花。当二人到达昭通时已是晚上11点，下起了鹅毛大雪，绿色植被穿上雪白的“衣服”，显得格外动人，这也许是欢迎二位到来的特殊方式。当天我们五人在当地住下，等待大雪停了再出发。

第二天早上8点多吃过早饭，我们一行五人驱车前往木龙小学。昨天下雪导致部分山路被封，在路边停车将近一个小时，待交警处理完结冰路面后，我们继续前行。走到半路有个叫“蚂蟥沟”的地方，校长邀请刘书记和袁工品尝地方小吃——烤洋芋和烤鸡蛋。

我们到学校后，刘书记把学校的班级挨个进去走了一遍，和同学们进行亲切的交谈，最后去了我教的一年级。刘书记为同学们讲了一节生动形象的职业生涯规划启蒙课，主题是“知识改变命运”，由最初为什么我们要学习，学习能做什么，讲到如果不学习辍学了会怎样。其间，刘书记和同学互动，问孩子们长大后想做什么，有什么理想。他们的回答各不一样，有的说要当老师，有的说要当医生，有的说长大后要当解放军。听了学生们的回答，刘书记殷切地希望孩子们要好好学习天天向上，只有知识才能改变命运，还鼓励孩子们一定要走出大山，去看看外面的世界，领略繁华的世界和多彩的人生。

下午，我们组织全体师生在学校操场集合，正式开始了这次慰问活动。活动第一项是全体唱国歌，然后介绍到场的领导，有分公司党委副书记、纪委书记、工会主席刘令春和分公司纪检监察业务人员袁春柽，双河村村主任李廷聪。随后，在讲话中，刘书记多次提到了“要求孩子们健康成长，好好学习天天向上”，还鼓励全校同学们一定要走出去，看看外面的世界。如果有机会还要走回来，回报这个生你养你的地方，用自己所学的知识，尽最大力量来改变这种落后的局面。他还给大家讲了一些当代大学生回村当村官，带领当地脱贫致富的案例。

村主任、学校老师还有学生们，都非常感谢社会人士对乡村教育的大力支持与帮助。这些爱心人士不但给予他们物资帮助，也给予他们精神上的抚慰。我经常和一年级的小朋友说一句话：“当精神渴了的时候听听音乐，当精神饿了的时候读读书。”这是我小学语文老师告诉我的一句话，那时我还小，不懂是什么意思。但是，随着年龄的增长、知识的积累，我深刻地理解了这句话的含义，听音乐能使人从紧张的环境中放松下来，放下烦恼，从而作出正确的选择。读书能丰富我们的精神世界，使我们从愚昧无知转向有知觉有意识，成为鲜活有感知的生命。我希望孩子们长大以后会用自己的阅历来理解这句话。

学校的老师们和同学们原计划要为这些帮助他们的人献上歌舞。但由于天气寒冷，刘书记怕孩子们感冒，要求慰问活动一切从简。孩子们没有表演节目，私底下还找我说："何老师，为什么那天不让我们表演节目啊？我们都准备好了。"我说："感谢的方式有很多种，表演节目只是一种，还有其他方式啊，那就是你们健康成长，好好学习，长大后回报社会，这就是对我们最大的感谢。"同学们听了以后恍然大悟，纷纷表示会好好学习，长大后做个有用的人。

爱心捐赠大会上，刘书记亲自打开装书籍的包裹，为孩子们一一发放。孩子们特别懂事，当接过书籍和校服的时候都会面带笑容、微微弯腰，向刘书记说一声"谢谢您"。这绝对是发自内心的真情流露，他们懂得了感恩，以后会更有动力学习。在他们拿到书籍和校服的时候，都是紧紧地抱在怀里，生怕掉到地上；有的学生拿到书后已经开始如饥似渴地阅读起来；还有拿到校服

1 | 2 | 3
4
6
5

1. 爱国主义教育课　　2. 和孩子们合影　　3. 和孩子们一起出黑板报

4. 分公司党委副书记、纪委书记、工会主席刘令春和分公司纪检监察业务人员袁春柽给学生讲课

5. 给孩子们讲课　　6. 村主任代表中心学校为三公司颁发锦旗

的一年级小学生，都想在场地上直接试穿新发的校服。看到他们这么开心，我们很欣慰，说明事情做对了，对他们的帮助非常大。在发放完物资后，由村主任代表中心学校向公司颁发锦旗，感谢爱心企业和爱心人士对乡村教育事业的大力支持，也是对我们爱心事业的认可和鼓励。我相信事情是会慢慢变好的，只是时间问题，让我们拭目以待，看到他们的变化。

大会最后，我们与村主任、学校老师和学生们合影留念，孩子们高兴地把书籍和校服高高地举过头顶，好像在说我要飞得更高。孩子们的笑容依旧是那么甜，那么天真烂漫。孩子们的热情也和当天的天气形成了鲜明对比，虽然那天很冷，但是他们的热情略胜一筹。

记得刚到学校进入班级的时候，孩子们看我的眼神有些茫然，对我还有些陌生。但是，现在孩子们见到我都会主动地说："何老师，你好！""何老师，我们放电影看。""何老师，帮我们拾下篮球。""何老师，你是不是教完这学期就走了？"……每当听到这样问题的时候，我都会选择逃避，不知道该怎么回答他们。孩子们已经成为我生命中不可或缺的一部分，这段美好的记忆我不会忘记，会深深地刻在心里，陪伴我一生。

慢慢地我释怀了。每当再有学生来问的时候，我都会耐心地跟他们说："祖国的山河非常辽阔壮丽，景色美不胜收。我们能在这山环水绕的土地上相遇就是缘分，天下没有不散的筵席，即使我教完这学期不在你们身边了，也会有其他像我这样的人来帮助你们。你们终有一天会展翅高飞，遨游天空，不要害怕，我们会做你们最强大的后盾，放心大胆地去尝试，不要怕错，有错才会有进步。"

临别之际，我给班里的每个学生买了一双棉鞋，并帮他们把鞋带一一穿好。虽然棉鞋不是很好看，也不是很贵，但是穿起来很暖和。我希望孩子们能在寒冷的冬天感受到温暖，希望这份温暖不只暖他们的脚，更能暖他们的心，并且一直暖下去。

何国军，"青橙·筑梦计划"第十任支教老师

支教时间：2019年9月至2020年1月

曾获得：

2019年度中建二局三公司华东分公司优秀员工

2019年度中建二局三公司优秀团干部

现任常熟金茂悦项目土建工长

青山深处记星繁

权　鑫

如今回想，我的支教旅程是从2020年那一年的开端而始。在新冠肺炎疫情肆虐的2月，我收到了公司有关支教的消息。在短暂的考虑，并和家人商议后，毅然报上了自己的名字。现在想来，多亏了这个“冲动”的决定，因为深思熟虑时总会令人错过很多怦然心动的美好。而疫情的几度反复却让原本定下的支教旅程一次次推迟。在告别会已经做了两次之后，延缓了七个月的脚步终于在九月踏上了征程。

装上“筑梦计划”的旗帜，背上志愿的行囊，独身一人，从一马平川、鲜有起伏的关中平原奔赴1000多公里外的云南山区，一路的劳顿自不必说。可与家乡相比，层峦叠嶂、曲径通幽的山区景色让我新奇又震撼。虽然孤身一人，但是清新的空气、翠绿的矮树、飘浮的云烟让旅途并不孤寂，重重叠叠又几乎阻隔整个天空的大山，也使我这颗浮躁的心平静了许多。

短暂的平静后，我又开始担心自己新的定位和工作：作为一个理工专业的建筑人，怎么肩负起教书育人的责任？而我又能带给他们什么？最后又能留下些什么？短短四个月在懵懂的孩子心中的分量恐怕不会太重，而这些简单的知识也很快会被更高深的知识冲淡。那么，如何才能在四个月中让孩子们得到更多收获？思绪随着车子的起伏，也起起伏伏。思绪深处，欢送会上领导和前辈的那句话浮上心头：在短短的几个月间，让孩子们对未来产生更美好的憧憬和更明确的深思，才是我们在这段时间里做的最重要的事。

果不其然，在秀丽的景色、异乡的风情带来最初的欣喜后，接踵而至的是一个又一个让我手足无措的问题。

因为学校的老师数量少、教学任务重，在观摩了两节课后，我就“行得行，不行也得行”地开始了教学工作。我的内心忐忑不安，虽然在学校里度过了近20年，但作为老师站在三尺讲台上却是头一遭。当第一节课面对下面十多个孩子天真好奇的稚嫩面庞时，我竟不知从何讲起。

干涩地做完自我介绍后，我开始了照本宣科的第一节课。那时我真成了茶壶里的饺子，事先准备好的话怎么也无法顺利地讲出来。而且，每位老师都同时负责几个班级的课程，更是数学、英语、思政等课程同时教授，如何平衡这些课程的时间和进度也让人焦头烂额。

几天下来，我每晚焦虑难安，静静地梳理着堵塞的思绪，“再这样下去不行”的声音一次又一次地在脑海中回响。“误人子弟”这四个字几乎让我感到恐惧。星夜清寂，思绪漫长，焦灼之后，我决定教人先教己，若遇到困难就退缩，还如何给学生做好榜样。为人师者，先律于己。在这种认识下，我开始寻找解决问题之道，只有自己成长，才能让孩子们得到成长。

首先，达者为师，学校的老师肯定经验更加丰富。于是，我便去向其他老师请教平时是怎样进行备课、上课和管理课堂纪律；怎么拉近和孩子们之间的关系；作业如何安排布置等。老师们也是倾囊相授，并把新悟的“绝技”统统分享。在不断的实践、总结，并认真学习网络上二年级阶段的师范课程后，我在教学上慢慢开始得心应手，站在台上的紧张感渐渐消失，表达能力也显著提升。出发前，公司领导说：“支教是一个互相成长的过程。”此时，我才悟到此话的真谛。

课下，为了同孩子们打成一片，我经常利用体育课和平时的课间活动，和孩子们一起玩游戏、做早操；利用课后，组织他们出去玩耍；甚至周末在山下溪边找个傍水的大石头，大家简简单单地坐下来聊天。不知不觉，短时间里，我就快速地融入了孩子们中间。

而且，在了解过前几任支教老师的经历后，我又学到了一个新的“法宝”——家访。周末，我开始对班里在学习上问题较大的学生进行家访，了解他们在家里的学习和生活情况。

有的学生的家比较近，就在学校附近的安置点，从这点上看，安置点也可以算作“学区房”了。有的学生的家比较远，山路陡峭，土路泥泞，基本全是上坡，对久不运动的我来说是一项挑战。而孩子们每天来来回回都是这样走，我心中不免有几分心酸。

一路行走虽不便，乐趣却多。新奇的植物，如白绒绒的野棉花、野核桃、野地瓜都引起我极大的兴趣，由上到下俯瞰山景也是十分壮观，再欣赏夕阳余晖留在山头。

到家之后，家长总是热情接待我，赶忙抬出木板凳到地坝里，连声说“坐坐坐”。小孩一溜烟地就跑进屋子。我明白这种心思，家访在孩子的心里一般是和“告状”画等号的。在了解之下，很多孩子都是由家里的老人带着，回到家后基本就“放了羊”。很多较为年轻的父母尚且不识字，更何况上了年纪的老人，顶多问一句“作业做完没有”。而家长说得最多的话就是，

“拜托老师在学校多费心了，我们是没办法辅导了”。我渐渐地意识到城里孩子的教育和山里孩子的教育的差距在哪儿。

经过多次家访，初来乍到的我，不仅了解了学生的家庭，也迅速拉近了我和学生、家长之间的关系，也明白了影响学生学习成绩的因素不单在学校，也在课后，甚至思想上的影响占比更重。基于了解到的情况，我开始对一些学生针对性地进行课后辅导，尽管效果有限，但不断在进步总是好的。

工作上的顺利推进并不代表万事大吉，因为生活上的困难接踵而至。按理说，从初中时代就一直住校的我，有着足够的独立生活的经验——这也是我决心接受支教任务的底气之一。

我从小到大都生活在陕西，从未远离家人超过两个小时的车程，而在1000多公里之外的他乡，这种孤寂是难以言喻的。尤其是周末，学校的老师们各自回家，学生散去的时候，安静的教室、空荡荡的学校、陌生的乡音和平淡的日常生活更让人心焦。那最初让人心神震荡的层层山峦真像阻隔了整片天空，望不穿也看不透，只剩若隐若现的星星增添寂寥。

有时我会做上一顿家乡的美食，聊解相思之苦。每当这时，都会想起学生时代和同学开的玩笑：陕西人对面条的执着不是一种习惯，而是一种本能。现在想来，人生真是奇妙，原来那时就为此时做足了铺垫。

其他老师对我的关照不仅表现在工作上，课后大家经常会一起聊聊生活上的问题和有特殊情况的学生，有时也会来上一场激烈的篮球赛，甚至会和临近学校的老师们进行一场对抗赛。有了这些活动，生活不再那么孤寂。

这段经历不但有困难、有成长、有升华，更有感动，而且来得猝不及防。

那是一个雨后初晴的下午，在参加完当地老乡的杀猪宴后，我和来自公司慰问的同事走在村里的巷道间。同事的口音和手里的摄像机引起了一个女孩的兴趣，提着行李的女孩大方地询问我们的来历。短暂的几句交流，竟让几人都不禁热泪盈眶。

女孩已经上初中，在离家很远的县城求学。即便过去了数年，她对三年级的支教老师——程（彦杰）老师仍记忆犹新。在了解到我的身份后，女孩兴致勃勃地聊起了我的这位前辈，讲述着程老师课堂上的耐心和生活中对学生的关心，还有程老师为他们带来的外面世界的新奇经历。话语间，普通的日常仿佛有了生命，我心里也描绘出这位尽职尽责的老师的形象。在说到对程老师的思念后，她的感情瞬间决堤。

安慰着眼前的孩子，我终于明白自己是在做一件不平凡的

1 | 2
3 | 4 | 5

1. 班级合照
2. 给困难家庭孩子送助学金
3. 家访的路上
4. 和孩子们在课间玩游戏
5. 消防知识宣讲

事。在交谈中，女孩突如其来的泪水和哽咽诉说着自己思念的场景，也让我明白了前一位支教老师在提起自己的经历时，脸上的欣慰和自豪。这段时光对我最大的肯定，或许就是在将来的某个时刻，当孩子们作出某个重要决定的时候，我会在他们脑海诸多闪现画面中占据短短的一帧。

如今再忆往昔，所有的困难和心酸都在不知不觉间酿成了甘甜的美酒，望之清冽，饮之醇美。

现在再想最初的问题：我的支教能带给孩子们什么？答案已经不再似是而非：我的支教就是先帮孩子们将路走宽，再将路走远。

来自外界的我，能够带给孩子们很多他们之前从未接触的新事物，帮助他们找到自己更多的兴趣。而在日常授课中，我潜移默化地帮助孩子们探索自己的特长，帮他们找到自己最擅长的方面，并在一定程度上给予他们鼓励和指导。这才是四个月间，我所能做的最了不起的事情。所谓师者，传道授业解惑也！

不知道孩子们的未来如何，不知道他们将走向何方，我相信会一步步地迈向更美好的远方；不知道是否还能再见，不知道是否还能回去，这四个月已在我的人生里留下难以忘怀的一笔。伴着孩子们的欢笑，一帧帧画面在回忆里放映，从最初的无措、焦灼，到后来温暖、感动填充着心灵，有时候一闭上眼睛，就常常有学校夜空隐现的星星在眼前一闪一闪。

遥远，怀念。

权鑫，“青橙·筑梦计划”第十一任支教老师

支教时间：2020年9月至2021年1月

现任中建二局三公司西北分公司庆阳金融中心项目技术主办

“彝”路前行

常　乐

临走前，在山坡上的路口转角，我特意回头望了一眼，希望能记住这群山、这所学校、这些人、这段时光。学生已离开，学校安静下来，山谷空旷。春深夏始，大山一片生机勃勃。一回头，恍若昨日，一晃眼就已听说第十三任小雷（金武）老师都支教回来了。

与其他老师不同，我在成为老师之前就已去过木龙小学。那时我是作为“青橙筑梦计划”宣传片的拍摄工作者，与同事一起前往的，途中最大的感受就是遥远和偏僻。

2020年12月，我和公司办公室汤姐比其他同事先行一步。我们前一天下午从北京乘飞机出发，晚上抵达昭通机场；在昭通休整一晚后，第二天一早做完核酸检测前往彝良县城；到达县城后，开始寻找去荞山镇的车辆。中途，我们先前往荞山镇拿到了在北京为孩子们采买的耳套、手套、棉服等物资，再转车前往木龙小学。满载着公司爱心的面包车沿着蜿蜒的山路，在一座座山峰中盘旋着、颠簸着，终于在下午5点左右抵达木龙小学。初到木龙，没有太多的陌生感，反倒有一丝亲切，这可能与我从小就在农村长大有关吧。

一周拍摄的日子里，镜头中孩子们纯真的笑脸、权（鑫）老师在教室上课时的画面、村民们对中建二局三公司的感谢，以及偶遇已经在读初中的学生。她在和权老师的交流中低声抽泣，表示很想念当年的支教老师等，这些都给我留下了非常深刻的印象。尤其是当拍摄任务结束时，孩子们听说我们第二天就要离开了，都非常不舍，流下了伤心的泪水。孩子们拉着我们的胳膊问："叔叔、阿姨，你们什么时候再来看我们呢？"我们只能说下次还会来看大家的，其实大家也不知道这个下次将会是多久后。但对孩子们的那份牵挂，我已经深藏于心。

念念不忘，必有回响。再到木龙时，已经是第二年（2021年）的3月，这次我的身份发生了改变。在公司领导的支持、信任和帮助下，我从权（鑫）老师手中接过了支教的接力棒，成为第十二任"青橙筑梦人"。在公司对我的支持下，此次前往木龙小学的安排一切都很顺利。我们早上7点驱车从成都出发，下午4点即抵达木龙小学，一切还是那么熟悉，那么亲切。

再次来到木龙小学，开始扮演新的角色，我心中既兴奋又忐忑，也有一丝担忧。毕竟自己不是专业的教师，害怕在教学过程中不能给予孩子们好的上课体验，耽误了孩子们，说实话还是有压力的。

当时，木龙小学全校共有93名学生，5个班级，7位教师（5位正式在编教师，2位顶岗教师）。在赵校长的统一安排下，全体老师于周日下午开会，对教学任务进行了分配。我负责一年级数学和三年级数学。

为了尽快适应新角色，我经常和其他老师交流沟通，及时请教实际教学中的方式方法，注重导学案的填写，并且在每节课前认真备课。在自己的不断努力下，我很快适应了新角色，也在每一天的课堂中不断成长，不断完善自我。

每当我坐在自己的工位上翻看手机相册时，思绪很容易被拉回双河村木龙小学。往事历历在目，就像放电影一样，一幕幕闪过，有很多美好回忆，却又不知从何说起。

从上学路说起吧。学校在安置点附近，家在安置点的学生等于住在“学区房”里，离学校只有两三百米。但这类学生是极少数的，大部分孩子分散在大山里的各个角落。每当夜晚看见山间星星点点的灯光的时候，就仿佛看到他们的眼睛。

我较为熟悉的，是班里一个住在学校对面半山腰上的孩子。

不要小看“对面”这点距离，那可是两座大山相对，中间还隔着一条河。每天的上下学，他不仅要上下山，还要绕到河流上游去过河。他有两个选择，一条是绕远路从桥上走，另一条是刚好在由小溪变成河的窄口处踩着石头过河。后一条路比较危险，但我没有劝阻，劝了也没用，好在那里的水并不深。

每次看到半山腰的房子，我都在惊讶他们当初是怎么修上去的，通往房子的草丛间的窄窄土路，不细看都不会发现。“地上本没有路，走的人多了，也便成了路。”

房子不用多说，如我意料的那样。不过，当一个地方的房子几乎都是一种风格和类型的时候，既说不上贫穷，也说不上富有，他们习以为常，因为这就是他们长大、生活、终老的地方。但若对比成都的繁华，却不免令人心酸。

我有一张最喜欢的照片，班上的一个小女孩，穿着彩色条纹的衣服，鼓起肉嘟嘟的脸，吹着从路边采的蒲公英，蒲绒随风在空中飞起，自由、纯净、温馨。镜头的这边是我的眼睛，还有一颗感动的心；镜头的那端是云山深处，藏着童年的纯真和美好。

他们在还是孩子的时候，就已经学会照顾小孩子了。我经常看到一个三年级的孩子背着他的妹妹在学校周围玩。他们家在安置点附近，于是经常周末来找我玩，当然，也带着他的妹妹。听

青橙·筑梦计划
支教山区 传递爱心 助力未来

1 | 2
3 | 4

4. 三年级学生雷诺曦

3. 和孩子们合影

2. 高年级学生给低年级学生系红领巾

1. 儿童节现场合影

雷（金武）老师说，那个小女孩现在已经能走路了，当时还晃晃悠悠的呢。

那个男孩的成绩在班里基本是倒数，几个“实力强悍”的学生将倒数第一的“宝座”轮流坐着。如果仅在课堂了解他，上课走神、不专心、作业做不完，可以将他看作一个差生。但在这里，一个家庭教育缺失、学校教育不发达，环境封闭、信息闭塞的山村，成绩差并不意味着人品差。与城里和相对发达的地区相比，这里有太多外部因素导致他们成绩的落后。在城里尚且说不该以成绩定孩子的好坏，更何况在这样一个小山村。这里的孩子调皮，也爱玩，相处久了，你能感受到他们身上的纯真质朴。但从老师的角度看，我还是为学生操碎了心，而一次次的硬逼，却收效甚微。

一学期的支教生活虽然比较短，但令我感受深刻。孩子们基本上都是留守儿童，父母都在外务工。他们知道只有赚到了钱，才能让子女接受更好的教育，生怕亏欠了孩子，并把自己的殷切希望都寄托在孩子身上。

但只赚钱不是出路，教育才是。孩子们呢，都在贪玩的年龄，还不知道努力学习对于自己的未来发展能起到什么作用。爷爷奶奶的年纪大了，管不住贪玩的孩子们，也不会对孩子们进行课程辅导。作为老师的我们，只能尽量让孩子们每天多学一点，把每一天的课程知识都搞清楚、弄明白。

在支教过程中，我是完完全全尽到了自己应负的责任，做到了问心无愧。我相信筑梦计划的每一任支教老师都是这样，在支教过程中不遗余力地传授知识，教书育人。当最后期末考试成绩出来时，我所教授的班级的成绩，对比以往在中心学校的排名，已经有所提高。最终，我悬在心里的这块石头才落了下来，毕竟学生的成绩是硬指标。

小半年的支教生活，与孩子们相处的点点滴滴，就像这片纯净的山谷里幽幽的溪流，直抵心灵的最深处，给我带来快乐，带来感动。远离城市的喧闹，回到最初的山村，这是他们的童年，也是我的青春。我们在不知不觉中已经成为彼此美好的回忆。

常乐，“青橙·筑梦计划”第十二任支教老师

支教时间：2021年3月至2021年7月

现任中建二局三公司西南分公司团委书记

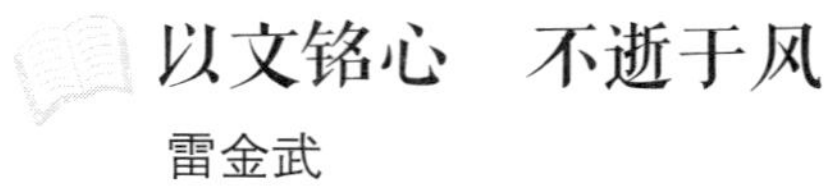

以文铭心　不逝于风

雷金武

四个多月，我试图用文字挽留生活，不是想让它停下，而是让它不那么快消失。

2021年8月底，启程的时候，我刚满23岁。那一年，我刚毕业；那一年，我新入职；那一年，我又回到学校，只是换了个身份和地方——支教老师；云南昭通，彝良木龙。

山很深，很容易被遗忘；路很险，走进去不易，走出来更难。

四个多月里，除手机保持通信外，我的支教生活几乎与世隔绝。但它没有想象中那样艰苦，也不是“瓦尔登湖”式诗意的栖居，在被重山包围的日子里，有晴有雨，有阴有雾。因此，我无意塑造一种生活，只是带点情感分享；也不是神化某种精神，只是出于自愿，做点奉献。

我之前对支教知道得比较多，但对这里却一无所知。刚到之时，所触所感皆是理想化的，如欣赏一朵花，便下意识地将注意力放在花瓣的瑰丽上而忽略了枝和叶。我感到心情在开花，激动的思绪如白纸，却因理想化而染上色彩。

天空飘着雨丝，窗外一片湿绿，夏深静怡；山体高拔，河流深阔，心向豪迈。从彝良城边出发，我乘着通向村里的唯一一辆小客车渐向深山，一路转弯颠簸，按捺不住的是欣喜。对景色的新奇、对孩子们的期许、对未知生活的激动，雨过天晴，心像一朵云挂在那个夏天：

一路山色怡人心，两岸人家添风情。

学校半腰巍然落，晨昏时卧绿水听。

第二天开始入学报名。

天空又飘起雨丝，由于疫情原因，家长不能入校，我们老师只能借顶帐篷、搬几张桌椅，在校门外办理报名事宜。通知的时间是9点，我们布置桌椅之时，已有家长在对面的屋檐下等候。报名手续较为复杂，要登记信息，收集大人和小孩的行程码、健康码，用家长手机注册保险的App。很多家长都是老年人，而且很多是同时办理两三个小孩的报名事宜，我便成为志愿者在一旁辅助操作。

在与家长的初次接触中，我对这里有了初步认识。我终于明白为何他们对我是独生子这件事感到惊奇，我们家乡那里差不多都是独生子女，而在这里一家至少有两个孩子。果然得四处走走，才能知道一方水土，一方风俗。如果我永远不出川，他们也永远在这里，那我们会不会想到生活还会以另一种方式进行？我说不上哪种更好，幸福的颜色因人而异。

孩子的父母多半外出务工去了。以前我对农村“留守”一词并没有多大的感受，只是从书上看和电视中听，来到此地才有了真切的体会。心灵关爱的缺失，在很大程度上可以由爷爷奶奶和玩伴来弥补，但家庭管教和辅导的缺失却仍然是大问题。孩子的成绩差原因普遍就在于基础薄弱，而基础从一开始就缺失了。外出务工俨然成为大多数农村人的生活模式，而小孩又需要教育，二者如何权衡？这恐怕只有时间和时代发展能给出答案了。

志愿或许就是一条路。有的人东行，因为生活；有的人西向，因为当初。我们也是从那里走出来，因为遇见，所以想带更多人走出来。

雨渐渐停了，人渐渐散了。下午是大扫除，我跟着一位老师打扫一年级的教室，算是正式看到学校内部的样子了。学校建在山坡上，办公室和食堂背对着大门在负一楼，然后平地拔起两层，每层三间教室，其中一间是电脑室。因为没有五年级，所以五间教室刚好够。

学校外观看起来比较现代化，整齐大方，操场、篮球场、乒乓球台，配套设施俱全，除了围墙有裂纹和白色墙体落上的红色的灰，使其略显旧。我以为这种规格是个例，后来发现是普遍现象。

教室的铁门差不多都已生锈，但厚厚的铁皮仍显结实，地面时有坑洼。前置投影仪，触屏高端；后放图书角，书目繁多。20来张黄色桌椅已显旧，蓝色窗帘半新，墙上贴着班规条例和各种小物件，看得出来，六年级学生刚走，正等待一年级学生到来。

我不断地擦拭着灰尘，像在不断地洗涤着心灵，回到那个遥远纯真的年代，重见欢乐无邪的时光。

第三天开学发教材。五位老师，五个年级，临聘老师还未招到，我也就暂时未分到具体的年级。哪位老师有事，我就临时顶替一下。因此流转于各年级间，很快与学生们熟识，当然，只是他们认识我。

我已然忘记自己读一年级时是什么情景，人总是在不知不觉中长大。他们有一天也许会忘记当下的一切，但并不代表当下做的就是徒劳的。有位作家说："删除我人生中的任何一步，我都不能成为今天的自己。"成长的路，每一步都算数。

孩子们的闹腾响彻校园。一年级共有20人，询问下来只有几个学生读过幼儿园。老师给他们发教材，帮他们写上名字，带他们熟悉校园，讲解课堂的规则，然后带着他们玩。最有意思的是，老师闲聊时说的一句话："他们刚来先让他们玩，教狠了，第二天不来了还不好办。"

我在之后便切身地感受到了。给他们上第一节数学课时，我教他们读写一二三，基础不齐一下子就体现出来了。有的孩子已经能数到一百算加减法了，有的孩子整堂课下来却连数字"2"都不会写。下课休息时，一个孩子便背着书包走出教室。我追上去问："去哪里？"

"回家呀。"

"啊，不上课了吗？"

"我都学不会，还上课干啥。"

我一下子语塞了，好像说得挺有道理。

很久之后，我才猛然察觉到，这其实是一个自然形成的班级。没有分班，没有筛选，一个村的小孩集中到一起学习。虽然仅20人，但呈现出一种最真实的生命发展状况，那就是什么状况都有。

一人即一类。有天生聪慧的小孩、有智力欠缺的小孩，有性格活泼的小孩、有安静沉默的小孩，有先飞一步受过教育的小孩、有第一次坐进课堂的小孩，他们呈现着成长本来的面貌。而最原始的教育，就是从这种本来上开始的，但要发展得好，着实要下一番功夫。暂时不论能力，想要真正教育好这些孩子，老师们所付出的精力，恐怕会是正常教学量的几倍。

然后，我去到三年级和四年级。比起一年级，他们已然是褪去些顽皮，初见心思了。我给他们一人发一张小纸片，让他们写上姓名、年龄、爱好、学校离家的距离、暑假怎么过的，然后从中抽学生上去念，最后收起来。我觉得这是最快认识孩子们的方法，更是与他们破冰最好的方法。

认识于课堂，熟悉在课下。看到孩子们课下的活动，我是惊讶的。在我读书时，课间10分钟若跑去打篮球、打乒乓球，在操场上追逐打闹，上课后是要受到老师批评教育的。不知从何时起，下课变成了喝水、上厕所和补觉。看着他们，一种久违的活力仿佛在回归，天然的野性在山间操场上得到释放。

不大的操场恰巧适合为数不多的孩子，他们无视阳光的强烈，只知尽情欢乐。一年级学生将光滑的石板当滑板滚；12名学生的二年级教室俨然成为操场；三四年级学生在二楼跳绳、打卡片、追闹；六年级学生占着操场的大部分，男生打篮球，女生则围在一起跳橡皮筋。两个乒乓球台通常被六年级和四年级学生瓜分。日复一日，乐此不疲。他们的游戏看似“无聊”，却蕴含着无限乐趣。

我一直认为支教的教育性远大于教学性。从教学上讲，支教老师的教学能力、教学经验明显不如正式老师，但他们带来的是区别于当地山里的另一个世界，会在孩子的成长中起到举足轻重的作用。

因此第四天的“开学第一课”，思量良久，我想给孩子们讲世界。手机的普及、自媒体的发展，也许已经让他们了解到外面的发展，即使是现在的我，也不敢说对这个世界了解得透彻。我们对世界的探索最终是为了找寻自我的位置。《牧羊少年的奇幻漂流》讲一位少年历经千辛万苦，穿越沙漠去寻找宝藏，最后却发现宝藏就在最初的地方。这与我此时的经历何其相似。10年之前，我像他们一样在山里的一所普通小学读书；10年之后，我又回到了山里。而这10年的所见所闻，就是我的宝藏。

我给孩子们讲我去过的地方、见过的风景、成长的经历，讲人生感悟，讲历史文化、人物传奇，讲他们就像10年前的我。他们有自己的方向，我只是在帮他们寻找自己的方向。那时还没有正式上课，他们都在聚精会神地听，但我明白，他们可能似懂非懂。

夜晚有感而发，以寥寥几笔总结这几日的心境：

今年，孩子们10岁，想为他们介绍一下世界，也想向世界介绍一下他们——云南昭通，彝良木龙。

今天，开学第一课。一双双灵动的眼睛，闪着期待的眼神，微脏的衣服，挂着稚嫩的微笑。19人的班级，没有一副眼镜；90人的学校，没发现一副眼镜。

10岁，孩子们说想要玩具，想看电视，想玩游戏，想过年和爸爸妈妈在一起……

虽然，孩子们10岁，却已经会洗衣做饭，会洗碗，会扫地，会放牛，会在被照顾的年纪照顾弟弟、妹妹。

孩子们10岁，有的说每天走10分钟就能到学校了，有的说每天走半小时就能到学校了，有的说每天走一个多小时就能到学校了。

孩子们没说，从学校再乘两个半小时的车就能到县城了，从县城继续坐三小时的车就能到市中心了，从市中心再赶2500公里就能见到父母了。

云南昭通，彝良木龙，孩子们的四年级，我的第一课。我想给他们讲讲这个世界，用他们还未识的大数，讲讲世界之最，看看最高的山峰、最深的峡谷，见见最长的江、最广的海……还有，那世界最美的地方——大学。

一周之后，课程表经几番调整终于确定下来，我教六年级的语文、科学、道德以及其他副课。因为数学老师兼带别的班，所以我分的课多一点，课程也是要么一整个上午，要么一整个下午。我教起来颇有难度，更印证着广为流传的一句话，“小学老师都是以全能型著称的”。

期末要考核的是语文、数学、道德和科学，而升学主要参评的是语文和数学成绩。刚开始听说学生们不学英语，我觉得不行。我就是由于乡村英语教育不被重视而吃了亏。于是，我挑各大课程都给他们安排上，信息技术、英语、美术、音乐、体育，我会的就教，不会的就学了再教。不过到了后来，原本理想化的情感渐渐败给现实，孩子们能学好主科就不错了。

与刚开始的纯粹不同，我能清晰地感到一种复杂的情感，喜忧参半，苦乐交织。

班里有22个孩子，10个女生，12个男生，四排单坐。从座位上看，女生占据着班里的主导权，男生基本靠后靠边坐。初看到他们上学期的成绩单，我很惊讶还有孩子能考出30来分，全班语文成绩最高分74分。在之后的教学中，我才慢慢地理解了这种无奈。

记得第一天上课的情景。因为教的是六年级，关系到升学考试，校长怕我教不下来，于是坐在后面试听。第一次走进这个班级，第一堂就正式上课，加上校长临听，以及事先准备的PPT也因微信连不上投影仪而无法使用，尽管我自信满满，但还是有些许紧张。

第一篇课文是巴金先生的《草原》，文章自然优美，我已忘记当初上六年级时老师是如何讲授的了。初读一遍，除感受到巴金先生对草原的喜爱之外，也没读出多少体会。于是，我上网搜课件，才发现结构美，归纳的也精美，但这些实用吗？

若先有一个我都读不出来的华丽答案，然后给学生说，让他们记，或者好一点的情况是过程中花点心思，引导他们往我的答案走。那样的话，我教起来无聊，他们学起来也无聊。

于是想从写作出发，我认为理解文章最好的方式就是跟着作者再走一遍。在补充完“鲁郭茅，巴老曹”以及一些闲闻趣事后，我便进入正题。

“这篇文章主要写了什么？”

为了避免那种“老师独角戏，学生默无语”的情况，我按座位给他们四排分成四个小组，在黑板右上方写上一二三四，并说道：“这题3分，抢答哈，得分排名跟家庭作业的多少有联系哦。”教室里一下子就躁动起来，但还是没有“吃螃蟹”的人。我便给出指引，“从课文中找”。

随后几个胆大的孩子或者是实在不想多做作业的孩子，开始踊跃尝试，但找的句子都风马牛不相及。

“在原文中！在原文中！”我反复强调着。

孩子们茫然的眼神在书上搜索着。我知道他们并非真的搜索，只是为了避开我的眼神，想把自己像草一样隐藏在草原中。

为了加快课堂进度，也无法给他们很多时间，我说：“看题目，看题目呀，题目都叫《草原》，那这篇课文主要在讲什么？”

“草原。”终于能异口同声了。

“对，所以今天学到的第一个点，以后我们再看文章主要写什么时先看哪里？”

“题目。”

“对，万一题目也看不出来呢？”

“看课文。”

“废话。”

一片笑声，课堂气氛渐渐活跃起来。

第一节课过得出奇的快，下课铃已在几分钟前打响，我赶快收尾，下课。

我虽然生疏和紧张了点，但是方法不错、气氛不错，讲得不错，校长也说不错，“只是板书潦草了一点”。这是我没注意的。当然，我也忽略了让学生们预习和阅读以及生字词听写，这些看似基础的内容对他们来说却是个大问题。改进一下这种模式，本可以一直用到期末的。但讲完六七篇课文时，我让他们用讲过的方法套学，却发现他们很多已忘得一干二净。尤其是鉴赏词句，我抽查鉴赏时讲过的优美句子，“方法是什么？”“怎么答？”他们支吾半天。当时，我对他们还不是很熟悉，更不知道他们成绩的高低。不过，我也意识到一个最根本的问题，教学是三分教，七分学，孩子不认真学，就算课堂再活跃，PPT再精美，也是华而不实。

山村教育落后，我最开始以为是教育设施落后，学校如电影里般不能遮风挡雨，缺桌椅、缺书本，听以前的支教老师说，当初确实是如此，可现在已初步跟上来了，连投影仪都有了。于是，我以为是老师的问题，久处之下，虽然老师们说不上是精英教师，但与一般教师也无大异。我又把目光转向家教，这确实是一个大问题。在教研会上，教学成绩相对较差的老师不约而同地提到，接手的班级的孩子们“基础太差”等问题。刚开始，我以为是说孩子们一年级时没有打好基础。其实，在之前六七年的时间里，孩子们像春天该翻整土地时却没被翻整、夏天该修剪枝丫时也没有被修剪，没在现代化的环境下生活，如何跟得上整体的步伐。但最根本的原因，还是落实到孩子身上。

老师能教知识，能授方法，能解惑答疑，能尽心竭力，可学习的主体还是学生。一辆火车自己不跑，别人如何拉得动？我几次试着改变这一现状，却收效甚微。

后来我发现了一个刺激学生认真上课的精妙方法。在离下课还有五分钟的时候，我经常出其不意地说：“拿出笔和本，听写这节课我讲过的内容，错一道题以上的就要用抄写加深记忆哦。”听写的都是我刚讲过的原问题，如课文内容、词句赏析等，有时候会抽象一点，问学生做某种题型的方法。

经过漫长的学习生涯，我深切地知道“听写”是学生的噩梦，也是他们最不喜欢的方式。但这种方法对刺激他们认真上课、加深所学印象、了解知识掌握程度有奇效。

因此，孩子们轻松无虑的课堂渐渐消失了。我知道自己得做一个选择，是做他们喜欢的老师，还是做带给他们更多帮助的老师，而宽严并举才是最好的选择。

渐渐地，孩子们熟悉了这种模式，在如此加压措施下，取得的成果是明显的。孩子们不知道我临近下课时会听写什么，要想不被惩罚，他们只得认真听认真记我讲的内容。

尽管如此，在几次单元考试后，他们的成绩仍不理想。我失落的不是成绩差，而是我讲过的他们仍记不住，听写过的词语继续错，讲过的题型依旧不会做。

于是，第二场改革便开始了。

我给孩子们网购了20套试卷，他们的练习册很少，可能平时疏于练题也是成绩不理想的原因之一。但在这之前，迫切需要转变的是他们的学习氛围和学习感觉，于是一招“欲擒故纵”便上演了。

“老师，你不讲课吗？”

“讲了你们也不听，听了也不改，讲了有什么用？不讲了，你们自学。”

“不嘛，你讲嘛。”

“不讲了，不讲了。”

很多东西在我们拥有的时候总是习以为常，失去后才会感到它的分量。我想让孩子们意识到，读书不是生来享有的权利，而是生来享有的机会，这个机会若不握紧，就会像指缝里的沙子一样慢慢流走。自觉性不是生来就有的，六年级学生已经处于渐渐觉醒的年纪，特别是对山里的孩子来说。所以，当班上倒数第一的学生都来劝我再讲课时，这招计策便奏效了，然后还给他们编织了一套自己的理论。

“你们知道学习的层次吗？”

我在黑板上画了一个金字塔，又在里面画了几根横线：“为什么同样一个班级，同样一个老师，同样一个课堂，而你们的成绩却高低不同，实际上是你们学习的层次决定了你们成绩的层次。”

我能微妙地注意到孩子们眼神的变化，很显然，这个理论引起了他们的兴趣。

“最低一个学习层次是学习态度。上课认真听讲没有？作业认真完成没有？要求背诵的词语、古诗都掌握没有？认真是基本的学习态度，做到这一层，成绩差不多在60分以上，看是不是你们一大半人的态度都还没做到认真。”

“往上走是学习习惯……”

“再往上走是学习方法……”

“那么再进一层，是求学精神。仔细听，是‘求学’而不是‘学习’，为什么？因为古人学习都是去求人教的，不是坐在教室里被逼着学的。”

我将《送东阳马生序》第一段的故事讲给孩子们听。往后“求学精神”成了孩子们的口头语，但懂得多少就不得而知了。

我只能讲到这一步了，中途又给孩子们穿插了很多故事。我一直认为，如果能成功激发学生的学习动力，那么教学工作就成功了70%，而这真的很难。短时间内取得进步是不现实的，我只是想给他们埋一粒种子，希望有一天它能发芽、成长、茁壮。

这是我记忆最深的三节正课，也代表着支教的三个心路历程，也恍若人生的三个阶段：理想化的期待、现实化的认识、浪漫化的夙愿。

如果正课是支教的枝干，那么下课时、放学后、周末里的点点滴滴，就是枝干上的叶，山间里的花。

我不记得是怎样与孩子们熟识的，是何时能准确无误地喊出班里的每一位学生的名字的。虽然很多年后这些名字会渐渐模糊、人的影像会渐渐模糊、声音会渐渐模糊，但我们之间的感情却会像酒一样越来越醇厚。

我无限怀念那个夏天，天空无云，烈日直射。我和六年级的孩子们搬起桌椅在操场上办黑板报，一张靠着黑板、踏在板凳上的合照，将那一刻的美好永远定格。等以后，他们长大；等以后，我老去，我们会用多少泪珠回忆，这一去不复返的岁月。

我无限怀念那个冬天，天气晴暖，冰雪未消。周末，我和孩子们走向山谷深处，脚下绿草松软，一边薄冰在阳光下消融，另一边白雪将山保持着冬天的颜色。那一刻深幽安宁，在一块大岩石上，我们将雪尽情挥洒。飞舞，是我们的年华。

因为疫情，学校的很多活动只得取消了。但元旦将近，新年将近，我还是想搞点新年新气象。更关键的是，再过一段时间，我就要离开了，这一别，不知再见是何年。

新年要穿新衣，这句话在我小时候就已经过时了，但此时这句话却始终盘旋在耳际。虽说大部分孩子的家庭不算贫困，但我还是想送一份心意，留一个纪念。

我先打着体测的幌子让他们量身高、报体重。看着班里的几个小胖子，在童装的那一栏，我直接点了最大号。

我也挺喜欢那衣服的，红红火火的颜色，看着就喜庆，于是赶紧下单。下单后最担心的是时间，我想着在元旦前给他们才更有意义，可是这里因为位置偏远，快递比一般的地方至少要晚两天。还好快递加急，最终赶上了。

孩子们比我预想得还开心。我让几个男生去取快递，结果大家一哄而出，然后他们在那里争着看哪包是男生的，哪包是女生的，看着一样的颜色，我也恍惚了，还好女生的是束腰棉裙，否则真的要混搭了。

平时一般都会加课，孩子们连上体育课都会激动不已，但那天下午我没有上课，让孩子们穿着新衣在校园里“漫晃”。

“漫晃”了一节课，我把孩子们叫回了教室。这些天的加压学习，也该让他们休息一下了。我教他们唱歌，给他们放电影，再跟他们谈谈心，鼓鼓劲。

元旦那天，有一位老师邀请我去他家玩。之前他已邀请过几次，加上我快离开了，再不去就没机会了。于是，趁着阳光明媚，山雪未消，我和他家的孩子以及班上的另一个男生，一同踏上了去他家的路程。那位老师自己先骑摩托车沿大路回去了。

好在水泥路已打通，由孩子们引路，几个人一路拍照、采花、踩冰坑、看风景、晒太阳，走了两个小时，终于从山腰走到另一座山的山脚。一路上，我没有问还有多远，他们只是指着对面一座山山顶上的电线杆说：“在那儿。”

每天看着孩子们来来往往地走这条路上学下学，今天才识它

上下楼梯靠右行
你谦我让脚步轻

热烈欢

服务栏

1	2	
3		
4	5	6

1. 安全演练　　2. 孩子们热烈欢迎我来支教

3. 家访的路上　　4. 科学小实验

5. 办黑板报　　6.课间与小朋友打乒乓球

的真面目。见到有人家，孩子们还给我介绍这是谁的家。我忽然感到一种亲切，城里的人，有可能门对门地住了一辈子都互不认识，而山里的人，隔个村可能都是旧相识。

临近中午的时候，我们终于来到那个老师的家了。结果，那个老师却给我打电话说他帮亲戚“修山”，也就是修坟去了，并叫我一块儿过去吃饭。我赶紧摇头，要是喜宴我是会不请自来的，但这种事心里还是觉得有点怪怪的。孩子们也不去，我们五个人便在家做起了饭。

高山之上，冰雪未融，缸里的水表面还有一层厚厚的冰。太阳暖照，我们搬起板凳，坐在屋前削土豆。

坐在高山平地上的院落里，一种安宁感由心而生，四周静悄悄的，只有我和孩子们说话的声音。

那天没有大活动，也没有什么特别的事情，大部分时间是在上山、下山，而我的内心好像受到洗礼，呼吸也变得纯净起来。

人像阳光一样，简单又温暖。

我记得刚来的时候，学生给过我一捧板栗。我以为是他家自产的，顺带给我一点，也没太在意，就当零食与其他老师们分了。后来偶然路过他家，我看着那三棵孤零零的栗树，周围坡陡溪横，杂草丛生……

有时候，孩子们只给了我一点，却是送出了全部。

时光如梭，从迎接团省委，到为困难家庭送助学金；从一次次家访，到为他们开特色课、送生日礼物、捐赠冬衣；从一起办黑板报，到一起参加运动会、一起爬山、一起嬉戏，在这座山树生烟的村子里，我们一起生活，一起成长。

美好，美于物，好于情。物因形色美，人因情谊浓。爱一个人，是对她或他充满感情；爱一个地方，是对那里的山川草木充满感情。

当初无限期待，理想化的惊喜；中途喜忧参半，现实化的交杂；最后离伤留念，浪漫化的眷念。

四个月，我做得很少，却也送出了全部。

雷金武，“青橙·筑梦计划”第十三任支教老师

支教时间：2021年9月至2022年1月

现为中建二局三公司基础设施分公司新疆项目党务人员

世界如你，绚烂斑斓

此部分所有文字皆由第十三任支教老师雷金武所创作。

志愿之路　“余爱”以行

爱像一座山，以奉献的石块堆成。

它有它的山顶，因其足够高，我们很容易看到——无私。无私是一种程度，成就其高度。无私奉献的人皆为高尚之辈，母为子，官为民，军为国，很难找到比这更崇高的爱。

爱的山顶是无私，那爱的山脚呢？

我曾多次听闻那些为了孩子而在深山坚守教育一辈子的人，他们将自己的一生奉献在那里，令人由衷钦佩。他们是站在山顶上的人。但若对我说一去就是一辈子，我还会去吗？还会自愿去吗？

如果以普通人的觉悟来看待自己，那这个普通的灵魂也会发出疑问：为什么四个月我们就乐意前往呢？

一个故事萦绕脑际。

东村的王生家有一头奶牛，每天能挤一桶奶，一桶奶能装4

瓶。但他们一家四口每天喝撑了也只喝得下3瓶，剩下的1瓶怎么办呢？

卖掉吗？

同村还没有哪家能宽裕到买牛奶喝。

倒掉吗？

又是如此可惜。

他只好送出去。有时送给正在长身体的娃娃，有时送给体弱多病的老人，有时送给村里贫困的人家……

大部分人不理解他的行为，情理之中；少数人感激他的善意，意料之外。

我们的人生啊，就像那一桶奶；我们的心，就像那一桶爱。总会有多余的部分，与其白白地流逝和浪费，不如帮助需要的人。不为回报，但求无愧我心。

心有“余爱”便生。

“余爱”不是参天大树。小小善念，是爱的山脚，高尚的起点。虽然它像一株株小草，随春风的足迹，洒遍山野的角落，既不能遮风，也不能挡雨，但是能给荒凉的土地埋下生机和希望。

“余爱”天下，人尽可为；草木之心，尺寸报晖。

央企践责，青年担任；青橙梦行，青春无悔。

彝良印记

我喜欢，能看见山的城；也喜欢，能望见城的山。

小城被山包围，山上散落几户人家。一条河在城边半绕，两旁筑起河坝和房屋，对岸阁楼尽挨着山。苔石矮坝，鹅卵河床，印刻着岁月的痕迹。中间细股流水，像一位脸上挂满皱纹的老人在低声自语。

城是她的孙女，当初养育它长大，如今望着它更生。

古镇的巷瓦，与现代高楼的搭配，既不失古朴，又具现代化。以前我喜欢乐山山水围城林依楼的清静，这里更添一番山村风情。

昨晚进县时，已是夜深。早晨从乌鲁木齐乘机，心还停留在烈日黄沙的大漠风情中，绿林如泉水般滋润着干涸的眼睛，像一位在边关征战已久的将军，突然解甲归田，望着家乡，有种久违的亲切。

天色随着雾深。从昭通到彝良，外客惊山色，人家道平常。我在四川长大，却少见如此大山，起伏有致。路或是傍山而走，或是盘越而行，车随山路时上时下，我随车左望右看。

山上的树翠色欲滴，却并不高大，说是灌木丛更贴切些。路旁山腰，时有人家，印象最深的是一个山顶弯道处的二层小楼，门前对着路，屋后即是不见底的深崖。

最令我惊奇的，莫过于山上的云烟。对于云、烟、雾，我有自己的划分。弥漫状不成形的称作雾，有形状的叫作烟，很高的烟就唤作云。若半高不低有形的，我就叫云烟；半高不低无形的，我叫作云雾。

新疆极少下雨，很少见云，更难见云烟。四川时常下雨，经常见云，却从未见过云烟。也许青城山有，可惜未去爬过。

当它如此清晰成形、洁白如乳、连山绕树地出现在眼前时，车窗内的我像个初看童话的小孩。透过湿润的风，闻着山的灵气，这双习惯黄沙的眼睛正适应新环境。夜色渐暗，可一切是那么清晰和清爽，直到山、路、车、雾、我融为一体。四周一片白茫茫，师傅打开雾灯小心翼翼地在山路上摸索着。我则沉浸在如置云端的喜悦中。直到下山雾散，夜色昏暗，即进彝良。

我喜欢新奇，每到一个地方，无不感到惊喜。

当初初到库尔勒，是神往之后落地的惊喜，“醉卧沙场”，千年之恋，遍地黄沙，处处透着异域的神秘和风情。

如今到云南小城，则是山的欣喜、烟的惊喜、城的欢喜。

云之下，泥土之上，烟林一色，山城一色，人雨一色。

烟绕着山，山行着人。

林围着城，城下着雨。

城是云的颜色，人是树的气息。

不过，这都是第二日醒来的记忆。

我睁开眼时天已大亮，拉开窗帘，十楼视角，俯仰皆喜。

空中微雨，红砖房林立，知巷道不见巷道，闻声不见车人。除几棵老树翠点中心，小城一片，只见房顶和红墙砖面。

青翠一点，红砖一片。房子挨着房子，显得有些拥挤。但我喜欢这拥挤，像人和人抱在一起。

远处环山，葱茏一片。云烟轻缭，下绕山树，上融云天，像一位穿着绿裙的少女披着白色的纱巾立在风尘之中。

清晨，初见；此生，初遇。

无心遇见，有意钟情。情深几许，一眼倾心。

下楼走出酒店，我才真正闻到街巷的气息。楼窗俯望，感觉城还没醒；街巷近听，原来迟起的是我。

小雨蒙蒙，街上很少有人打伞，雨淋在他们身上，就像融进他们的生活。微雨小城，是雨打在人身，还是人走进雨中？

我走进雨中，十几步路，便从现代化商城穿到红砖小房中。这座小城的特色，无不契合着我关于生活的感悟，既对繁华有所向往，又对古镇无限怀念。

雨，是心跳的声音。

当爱下雨时，人是一把打不开的伞。

街上行人，路旁小店，我承认刻意回避着生活的艰辛。有时候人与人面对面，看到的都是两个不同的世界。一路慢逛，我看着古朴的小店、忙碌的店员、热气腾腾的包子、正在沸腾的米线，满是怀旧和亲切。但我知道他们看见的，可能是另一个世界。

旅人惊城色，人家道平常。

街上的老人很多，背着竹背篓；小孩也多，牵着老人的手。我理解这种感觉，一早便从家里出发，走下山路，然后到村里坐一天一趟的客车，再乘好几个小时来到城里。幼时的记忆已经模糊，感觉却依旧清晰。眼前的这些老人，和爷爷奶奶、公公婆婆有什么不同呢？走路一蹦一跳的小孩，和小时候的我有什么两样？人或许只在年轻时才形色万千，幼年和老年总是如此地相似。

我背着包，提着行李箱，在小巷间穿梭，有时还伴随着石阶上下。不小心与对面的人肩与肩地碰在一起，保持微笑，缓解尴尬。

小巷的尽头，就是乘车的地方。车的终点，就是我的目的地。12点才发车，行李放下后，我便找个位置坐着，还有1小时。

窗外小雨湿路，水浸入鞋，鞋踏雨声。

喇叭声脆，人语嘈杂，小道窄曲，行人密集。

我喜欢这烟火气，喜欢这风景。

走向你的路，每一步都是风景。

晨　光

久迎周末，倍惜一人时光。

8点未到，自然梦醒。晨光还未越过山谷，已见斜旁光束。

洗漱完毕，拎着电脑带着书，早来教室。怕被瞧见，轻关上门，小心躲着。今天，只想读读书，听听山谷。

教室无人，清静宽敞。拉开窗帘，青山连绵，光影接延。窗台尘灰在安静里游荡，河谷云烟于光束中飘浮。鸡鸣回响，鸟啼空灵，空气清新。

柔云遥遮山影绿，悄曦轻抚花颜羞。

河风旁吹，篇章轻翻，美好的一天开始了。

月光下

我租的是二楼单间，隔条马路，斜对着学校。房间空荡无帘，一屋月色，一张床，一套桌椅挨着窗。远处隔条河谷，正对着山，山体本身厚大，因河显得更加高拔。每天，太阳从山背升起，月亮也是。

微风送着水汽，月色夹杂桂香，夜寂静。房外池水空明，一直浮躁的心安宁许多。清夜如此，放下手机，倚墙坐床，热闹与落寞双感，似只青蛙停在荷叶，望月寄思：

月照相思色，桂泣当年红。

佳节临至，偌大圆月，今夜照繁华。

几千都市，歌舞欢声灿如昼；大城小家，微窗璃灯暖桌酒。

千里之外，深山陋室，几人同我，举杯邀月。

只听得，泉水淙淙，蟋蟀啾啾。

山　景

河绕着山，环带凝绿。不远处由于水库的拦阻，这一带更像一个深潭。感觉水不是很深，往水库另一端望去，便惊讶于这几十米的坝堤。

路顺着河走，也傍着山。从高空俯瞰，河如绿色的蛇在山中蜿蜒，路像白色的蛇在山腰盘迂，双蛇并进，向大山深处隐没。

向上游走，河水分岔，宽度和深度都渐渐减小，渐渐褪为小溪。大小不一的石头裸露，可见青苔，小股溪水从石缝流出，颜色不是下游碧玉的绿，保持着山泉最初的纯净。

河道即山形，山还保留着雨水的痕迹。山与山呈波浪状连接，一座山的山面也呈波浪状起伏。山体高大，加上山底河水冲击的幽谷，更显高拔。植被都不是很高，叫不上名字，有些是野生的，保留着原始的气息；有些是当地人规划种的，整整齐齐。山很陡，不是全被植被覆盖，石头的白面、土坡的黄泥，交杂其间。经常会落石头下来，掉在路间，也经常会溢出水，流湿路面。听说此处还经常见到野生动物，对这种天然野生的生命，我总是万分好奇的。可惜的是，我从来没见过。

我是第一次见到河流发源地，山体的形态无不显示着曾经的使命。泉水，从前只能在书和电影中才能见到的物象，如今日夜流在耳边。它通透、清澈、纯净，手忍不住伸下去，清凉得像触碰山的脸庞。

通透的泉、清澈的溪、碧绿的河，像一个小孩在渐渐长大，从山中走向世界，在起源难以预想入海口的壮阔，在终点无法想象山泉的灵深。生活要一步一步地走，等学会回望的时候，山高溪幽，已是遥远。

人会老去，而山不会，只要树在生长，山永远年轻。

想起老人，他们的脸庞和山是一样颜色，心灵和泉水一般澄澈。终有一天，人不见，山变迁，泉干涸，不能留住一叶一露。

越是深幽的山，心越是感到一种古老的情愫。山、水，生命最基本的两种形式，却在不知不觉中被保留到生理最低的需求。不在山里长大的孩子，他们不会像依偎在母亲怀里般依偎在山水里，成长的经历决定了心灵深处那份朦胧的情感。一旦失去，便永远失去。人对山的热爱，是天性、是感觉、是需求，而只有在山里长大的孩子，才有一份记忆和回归。

山育人，水养性，这个遥远的山村、遥远的人，便是山水。

历经风尘，辛劳半生，才有久违的回归，那是一份释然，清泉洗濯尘劳，山林乐忘年岁；是一份怀念，旧人不复当年笑，老树犹立庭风前。

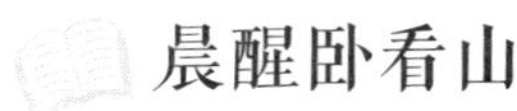

晨醒卧看山

这里的夜晚总是相似的，星空安宁，山谷幽静，夜风清冷。远处山腰的房屋，灯光三三两两，安置点围坐烤火的人语时断时续。晴光、阴云、小雨、冷雾，无论什么天气，都被这夜色吞没得别无二致。

刚来那几天仍属夏末，天黑得晚，晚饭后经常和其他老师沿路散步，聊天望晚霞。秋后转凉，天黑得便越来越早，洗碗都得开着灯，气温也越来越低，只能在室内活动。一天最清闲的时候就是夜晚，而冬夜最容易成为单调的时光。

但清晨截然不同，因为云的缘故，山谷每天充满着变化和惊奇。有时云淡烟轻，晨光万里，冷潮之中能感受到一股暖阳之意，心情也会大好，因为好的天气本身就是微笑；有时云重天暗，阴沉沉的，细雨微飘，一出门就黏在身上，总让人想赖床；有时白雾漫山，隐没树林和学校，而天空中有一处会特别亮，我知道是太阳在那儿，只是光穿不透；有时白烟浮山，天朗气清，不见晨光，又是满山清爽。

因为窗子没有窗帘，窗对着床，我每天醒来的第一眼便是山景映入眼帘。我很喜欢这种晨醒卧看山的感觉，阴绵带来愁绪，晴光满目惊喜，有时天未亮，就是另一番风景。

云雾，是清晨的舞蹈，是山的浪漫。它仿佛在宣告一种生活，对单调和枯燥不屑的生活。

今早一醒，它又换了新衣：

山顶烟云停淡雪，半腰黄绿冬未深。

有你的路，每一步都是风景

残雪未消，冬阳暖照。四孩一师，沿山而上，逆溪而探，探寻高山谷雪冰凝处。

时已午后，日在山头，身向山谷，一股清凉之气迎面扑来。小溪干涸，只剩几处小坑洼，水面凝冰。

草已枯黄，一面寒冰凝枝，白茫茫一片；一面针杉迎阳，山青黄。大自然深处的安宁，看，虹晕山间的光彩；听，凝冰融滴的清脆。

山谷中间有一块平地，好似迎客的客厅，贴地的青苔湿软，阳光轻抚，使人忍不住想躺下，闭眼与山融为一体。

孩子们忙着拍照，我也凑了上去。但我知道，即便不用拍照，有些美丽想忘也忘不掉。不用记忆，不用拍照，有些人想忘也忘不掉。

这是我们第一次出游，也是最后一次。天公作美，山谷恩与，将我们最后的记忆定格在山虹雪谷之间。

这溪流的发源地、山林的深处，或许是珍藏记忆最好的地方。

那一片记忆，有冰的清洁，有光的温暖，有山的安宁，没有人的气息，却饱含人的欢笑。

残雪未消：送你的人很少，送你的路很长。

冬阳暖照：有你的路，每一步都是风景。

必然的选择

教育，不是我们去做什么，孩子们会得到什么，而是我们不做什么，他们便会失去什么。

季节在流转，春不播种，便失去时机；夏不耘田，杂草便根深蒂固。苗倒不扶，之后便很难茁壮成长。

孩子就像土地，一旦什么都不做，当别家田园蔬香四溢时，自家土地将会荒芜一片。

成长，是个长期的过程，但教育不是，教育是一种选择，教与不教和怎样教的区别。

教育千差万别，人亦千差万别。

成长，是件必然的事。人是长成的，更是形成的。

幼时不费心，长大后必不省心。

不授礼，行不端；不明德，身不正；不知史不解国，不看世界胸难广。以善人教善，以伟人传志，以恶人辨是非，以众人识自己。武练精魂，文载思想。

惩罚纠行为，奖励激兴志，环境陶心性，梦想导人生。

我相信，一个人的未来拥有无限机会和可能，特别是在年幼的时候。青春，除了拥有充沛的活力和年轻的面庞，更在于他们拥有的不只是明天，还有未来。

教育须及时。

孩子是家庭的希望，教育则是孩子的希望。

人年少时总是饱含希望，等年老时回顾一生，难免有遗憾和悔恨。望着这些缺憾，人又把希望寄托于孩子身上。人两手空空地来到世界，终是一无所有，但如果寄予希望，文明将有所传承。

教育，将是文明传承，必然的选择。

教育，一定要做点与教学无关的事

我一直认为支教的教育性要大于教学性。在视野的拓展、感悟的传递、经历的分享方面，支教的老师比当地的老师更有优势。而这二者哪个更重要？我觉得是视具体情况而定的。

教学就是传授知识，帮助学生获取高的分数。但不得不承认的一个现实是，不是所有的人都成绩优异、不是所有的人都擅长学习、不是所有的人都能考上大学。所谓考试，就注定有人要落选，而且可能是一大部分人，如何为这一大部分人指引，可能才是教育的重点。

除此之外，闭目细想，回忆着小学、初中、高中的生活，那些我至今记忆犹新的画面里，还有多少是有关于课本和教学的？反而是老师无意间的一句话、一个故事，课堂的一个小插曲，课间的一个活动，让我铭记终身。

“所谓教育，就是你离开学校后仍然记得的东西。”

记得高中第一堂语文课，老师并没有直接给我们上新课，当时我就意识到这很可能是一名好老师。至于为什么会这么认为，我也说不清楚。

语文老师给我们讲了两件事，第一件事是准备一个笔记本，精致一点，以后每天把自己喜欢的句子摘抄到本上。第二件事是叫我们记下一句话：永远相信你的未来拥有无限机会和可能。

语文老师从成都来，到我们乐山这样一个小县城的普通高中教书。与大山里的孩子相比，我们算小山里的孩子。那时她就已意识到，我们中的大多数人其实是难以考上理想大学的。

“永远相信你的未来拥有无限机会和可能。”在遭到人生的打击后，内心没有力量怎样能从迷茫中走出，也许这就是她的良苦用心。

那一学期，她说了很多话，我竟只记得这一句。因为这句她重复了很多遍；因为后来，我也重复了很多遍。

第二学期时，她就转走了。

后来新来了一位老师，语文课突然从浪漫主义切换到现实主义，上课节奏明显加快，作业量成倍增长，稍不注意就会有人带着“现世宝”“小麻雀”的荣誉到后面站着，下课后还会被叫去办公室谈心谈话。

我们不得不更努力地学习，正如这位老师很努力地教，听说她回家给我们做PPT经常做到半夜。但是，这么多节令人胆战心惊的课，这么多作业试卷，如今却忘得一干二净，甚至课本上有哪些课文，细细回想才能想得起几篇。

若说高中记忆一片空白，却又有无数瞬间在大脑中闪光。

没有任何笔记，有些话至今犹记。我没想到那么严肃的一个老师，也藏着一颗浪漫的心；更没想到在如此快节奏高压的高中里，她会在晚自习给我们放电影、看《开讲了》，还会打印各类诗歌给我们欣赏，让我们将写得好的诗上台朗读，大家共同鉴赏。

我们知道她这样做是有目的的，却不知道这样做有没有意义。我们只是像完成任务一样，凑一首连自己都看不懂的类似诗歌的诗应付交差。但我们是欢喜的，写诗总比写作文好，字数少；诗歌课总比讲课文好，不用记笔记，不用背，更不用考。

我以为一切会像时间那样一去不复返。意料之外的是，我至今仍记得茨维塔耶娃，记得那个绵绵钟声带着黄昏的小镇；记得顾城，门前风摇着它的叶子的早晨；记得海子，那只掉进船舱的年轻月亮。

当时哪懂诗，只是粗浅认识和故作牵强的欣赏；现在竟未忘，不由自主地一读再读：“青春是本太仓促的书。”

岁月如期离去，而美好的东西会自己找回来，一直留在记忆里。

学校不只是一个共同学习的地方，也是一个共同成长的地方。我很幸运、很感激，一路走来遇到的都是不只是老师的老师，他们的尽职尽责，将顽皮的我送入了大学。他们的“多此一举”，让我关于校园有更多的回忆，且至今受益。

如今站在六年级的讲台上，孩子们的成绩不尽如人意，我还是想偶尔“多此一举”。他们是学生，也是孩子。所以，偶尔带他们搞搞音乐，看看电影，画画脑中的奇思妙想，练练自己上台演说的能力。不只是为成绩的增长，我只愿他们的童年回忆里也有斑斓的蝴蝶。

教育，一定要做点与教学无关的事，就像学校不只有教室，还有树、有花、有草、有阳光。

下一代希望

在其他老师的陪同下，我代表公司给已拟定好的13个孩子送助学金，踏着崎岖的山路去，迈着沉重的脚步回。

留守、单亲、疾病，一个偏僻的山村。

温馨、善良、淳朴，这些村落的人家。

“你看我五十多岁了，这辈子还图个啥呢，就这样了。盼头就是这个娃娃，成绩能好点，读点书考个大学，我就安逸啦。”

心中顿时一惊，这句话，我好像在哪里听过。

这句话，她在我回校前也说过：“去学校照顾好自己，我们这辈子就这样了，你的路还长，努力点。”

这句话，他开车送我去高铁站的时候也说过：“你都是大学生了，学历比我们还高，我们帮不了你啥了。你看我和你妈四五十岁，这辈子就这样了，你自己的人生自己把握。”

每次送我去高铁站的时候，他都要絮絮叨叨地说好多。他说的虽然都是对的，但世界总是相对的。他说的好多话，我没听清，也没记住。

没记住，原来也没有忘记。

“这辈子就这样了”，像一把刀扎进心里，在这狭窄昏暗的小屋里打开往事和回忆，还有我忧愁的思绪。

他们是无奈、不甘，还是在坦然接受？

人总有一天会老去，从某一刻起，选择和希望会越来越少，如何迎接遗憾？如何迎接衰老？

遗憾总是清晰，希望尚在朦胧。

我忽然理解了他说的话：“要是当初我有你这个条件，哪里连高中都考不起，我是看你奶奶他们太辛苦了，初中读完就不读了。连学费都交不起，老师天天把我弄到门外站着，被骂。你看现在，我们说不上富，也还可以嘛。我给你提供好的环境，让你有比我好的条件，以后你是不是也能给你的孩子提供比你现在更好的条件，过得更好？”

最伟大的教育家是生活，它当初教会老爸，现在教会了我。

为了拥有更好的生活，爸妈尽力了，我尽力了。

在尽力而为的背后，孩子是崭新的希望。这不是对生活的无奈接受，而是转化，将生活的希望和梦想寄托到下一代身上，寄托到爱的人身上。

脚下有希望，无论前路如何坎坷，都是能跨越的。

孩子是家庭的希望，教育是孩子的希望。

祖国的每一寸土地，都应是梦想生长的地方。

教育的土壤，不应有一块贫瘠之地。

我想这正是支教的意义，筑梦下一代，在他们的旅程中鼓一把劲，添一束光，筑梦一个人的未来、一个家庭的希望、一家希望的延续。

重要的和更重要的

无论是理智还是情感，我都不喜欢以成绩的高低给学生定优差，而很多时候成绩会决定他们人生的“优差”。所以一次考试后，我还是给孩子们谈了谈成绩的重要性，想激发他们的学习动力。

“你们知道一辆火车怎样才能跑得更快吗？”

“给它安翅膀。”

“在它的后面装一个火箭。”

…………

忽然不知道咋讲了，换个攻略。

“小学读完后读什么？”

“初中。”

“初中读完呢？”

“高中。”

“真的都能去读高中吗？什么叫作九年义务教育？”等读大学时，我才真正意识到这个问题，才想起好多同学在初中读着读着就不见了。

“9年，即使你们抱着零鸭蛋，都能读完六年小学和三年初中，可是初中成绩不好，你就与高中无缘了；高中成绩不好，你就与大学无缘了。听说毕业升学考试，语文、数学平均分上85分的，才能去到最好的中学。但是去年，你们整个镇的十几所小学，能去到那里的只有10个人。你们考三四十分的，我就不给你们画饼了，但有些蹦一蹦就能够得上的，是不是要好好想一下。”

“你们这回考试，70分以上的6个，也算进步了吧。但看看你们错的题，是不是早晨来的路上不小心磕了一下脑袋。”学生们最喜欢说自己“我们的脑袋被驴踢了”，但我是不敢的，上次师德师风考试，这个选项属于违法的范畴。

“想一想，你们考三四十分的，也是正常水平。如果认真点，我也就不说你们了，但你们认真了吗？书都拿倒了，还在那里看得专心致志。考五六十分的，多少题型我没讲过？将句子改为双重否定句，加个‘不得不’不就完了，用眉毛看题都做得出，多少人脑袋被磕了？70多分的，相对好点。当初我考90分以下都不敢回家的，你们敢回家不？”

“我敢的，我老爸不在家。”

“死生恒一命，肝胆向青天。”

“哦，现在又能活学活用了。”

我的语气很强烈，但不是很严厉；我的话虽浅显，但成绩不好的原因，其实总结得差不多了：

一、基础不好。上次去镇里开教研会，很多老师不约而同地提到这个问题。我原以为一年级的学习情况就是他们的基础。刚开学时，我去带过几天一年级，有的学生加减法都能简单算了，有的竟连数字都还不认识。孩子真正的基础在家庭，不是家庭条件，而是家庭教育。但这里绝大部分孩子的父母，迫于无奈离家打工，孩子只能跟着爷爷奶奶长大，几乎是靠“天赋”读书。

二、天赋各异。不得不承认学习是靠一些天赋的，有的人无论如何努力，无论高三复读多少遍，仍旧考不上大学。我对几个考三四十分的学生很理解和宽容，没有按标准重罚，因为不合适的教育，对彼此都是煎熬。

三、没认真学习。我的措辞是“认真”而不是“努力”。我不是一个努力的人，所以我最后没考上重本，但我是一个认真的人，所以最后考上了大学。我认为小学课程的内容和难度是不需要努力的，但要认真。有时候讲课讲到哪里他们都不知道，一下课就疯跑出去了。得亏我智慧，用了点特殊方法使他们开始认真听课。我认为在教学工作中，在大部分学校里，老师百分之七十的精力都是放在如何让学生认真学习上，否则讲课只是个独角戏。而学生一旦认真起来，其实教学也就成功百分之七十了。

四、学习方法有问题。一开始，学生们上课不听讲是个普遍问题，看似在听，实则用眼不用心。后来一节课要下课时，我会当堂听写本节课讲过的词句赏析、主题思想、做题方法等，写错的、写不出的重惩，他们才一下子认真起来。但一考试，他们仍旧不会灵活运用，仍会犯低级错误。很显然，他们是记住了，但没去深入理解，主动思考。

五、家里没人辅导。我曾想农村教育的差距主要在哪些地方。来到这边，我看到教育设施齐全，老师也是尽责用心，即使与城里有差距，也不大，那问题出在哪里？答案是课后辅导。城里的孩子不仅回家有爸爸妈妈辅导，甚至还去专业机构补习，可农村的孩子呢？爷爷奶奶顶多能督促孩子完成家庭作业。

六、没有督促或动力激发。孩子不愿学习是件很正常的事，就热爱学习而言，我在读研究生时的很多同学都还没达到这种境界，经常抱怨课程和作业的繁重。我想起小时候认真学习的原因，几乎来自恐惧，作业完不成，老师会惩罚；考试考不好，回家又得挨骂。但是，现在的孩子们已经没有了这种“动力”。

综上所述，我真正想表达的是，成绩不好的原因是多方面的。所以我铭记于心的是：

“没有宽容的爱，无异于带刺的玫瑰。刺扎进肉里，有时会忘记它是玫瑰。”“人与人的不同，注定人与人的差异。以后对待他人，多一点理解和包容。不能理解，能包容。”“不恰当的教育只能是彼此煎熬。”“成绩很重要，对成绩的包容更重要。包容需要勇气，更需要智慧。成绩不好的原因是多方面的，很多主观原因也是以前的客观因素造成的。当柏油大道不好走时，我相信每个人还有属于自己的幽僻小径。”

责备是用糖做成的鞭子，可以严格，但不能严苛；可以惩罚，有时也要激励：

“成绩好一点，考个高中也是好的。如果别人都读过高中，就你没读过，是不是像全班都有生日蛋糕而你没有？有一天，你们能因为考得不好而半夜哭泣睡不着，我也就欣慰了。把自己想象成一辆火车，怎样能跑得更快更远？有动力呀。想想你们的动力在哪儿，火车跑起来没有？我看铁轨都快生锈了。”

我想激励学生，但语言却是如此苍白。学习终究是一种行为，到头来仍得落实到行动上，“没及格的将试卷抄一遍”。

书的寄言

世界像一棵巨树，一个人犹如树上的一滴露珠，借助光的反射，在各自的位置上倒映着树的影像。

有一个传说流传至今：谁能倒映树的全貌，谁就掌握世界真谛。

然而，不论怎么努力，不论如何变换位置，曲滑的珠面始终只能映出树的一角。

卧树根之旁，只见其枝；居树顶之端，不见其底。连树下宽广的湖泊，也只能映出小半的树而已。

大多数露珠的位置基本固定，又有多少下面的露珠能一览树尖的风景？

树太大了，露珠太渺小了。一叶障目，即可掩盖树的全部。

这小小的曲面，如何能映出树的全貌？

时光流逝，树不断生长变化，露珠在阳光的灼烧中不断消减。

如何才能在有生之年见识到树的全貌？认识其他露珠？或许读书就是一条佳径。

劝　读

不是应该读书，而是不应该不读书。

多读一本好书就像多认识一个有趣的人，多认识一个有趣的人就像多见过一个美丽的世界，多见过一个美丽的世界就像多经历一段精彩的人生。

生命形式在生命未降临之前，就已经被大自然赋予。不论在哪里、哪个时代，一条重要的标准是：减少缺憾。

如果做不到遇见，那至少不要错过。在可以选择的时候，人应尽可能地把握生命的美好。

生命的美好，有存在的、过去的以及创造的。人的一生数十年，但并不意味着只能活在这数十年里。小说、电影的创造是纵向的开阔，史书文集的保留是横向的延伸，而最后的目的是生命热度的提升。

生命的美好，终究是关于人的，即存在的人、过去的人、创造的人。读书，就是认识更优秀的人，学习他们的知识、参考他们的思想、体验他们的情感。只有认识更优秀的人，才能成为更优秀的人。

如果将生命简化为时间，那每一秒如何过得有意义。钟表的发明，我不认为是一个伟大的创造，它让我们看见的远比忽略的更多，让我们对生命一开始就存在误解，然后在误解中结束。

时间是向前的，人生是向上的。

跟着时间的脚步走，只会更快地奔向死亡。人要像树一样，从大地中汲取营养，向上生长。

如果没有时间这个概念，目之所及、思之所触，只有这片大地。我们会从亲人身上、爱人身上、朋友身上确立生命的存在；会从花草虫鱼、风云雨露、春夏秋冬确立生命的存在；会从城市、乡村、山川、天空、海洋确立生命的存在；会从童话、科幻、科普、历史确立生命的存在。生命是广阔的、斑斓的，有温度的。再加上相遇、别离、重逢等场景，思念、怀念、喜欢、厌恶、悔恨等情感，相信、怀疑、憧憬、希望等态度，每一个生命历程无不是一首波澜壮阔的史诗。

当对生命的认识失去时间时，人会本能地去寻找别的替代物来维持生命的存在和秩序。而这时会发现，在另外一个维度，即使是看起来平庸的人，也会有一个高大的背影。

对生命的感受需要体验，对生命的理解需要感受别人的体验。下雨了是雨天的体验，雨中的千年诗文就是对生命的理解，体验古人的生命，从而理解自己的生命。

书，不是生命本身，而是了解生命的窗口，映照自己的生命，看见别人的生命。一个热爱生命的人，一定不会错过书。

如果做不到遇见，至少不要错过。

露珠的寄言

“你看，她要坠落了。”

青苔看着叶尖即将滴落的露珠对蝉说道。

“是啊，她一生好像没有动过。”蝉回答。

她生来骄傲，身形是如此硕大；她生来骄傲，体态是如此圆润；她生来骄傲，色泽是如此通透。在月光的照耀下，她犹如璀璨的珍珠。

她生来就接受着周围的赞美。

她足下的树叶说道：“你真该到处走走，让其他叶子见识一下你的硕大。”

“不，那样会损失我的水分，缩小我的身形。”露珠答道。

“我去过很多森林，却从来没见过像你这样圆润的露珠，我可以摸摸你吗？”风问道。

“不，我的圆润会由于触碰而起皱纹的。”露珠果断地拒绝。

很多次，七星瓢虫从露珠身边走过。她想摸摸七星瓢虫斑斓的外壳。但转念又放弃了，她不想损失自己的剔透晶莹。

很多次，鸟儿在枝上停歇，她想摸摸它轻柔的羽毛。但转念又放弃了，她还是不想损失自己的剔透晶莹。

她一生静立不动。但此刻，日透朝云，她将坠落了。

意外的到来是如此之快。

而真正使她意外的，是在滴落的一瞬，在树叶的尖端。在晨光的照耀下，她第一次望见澄碧无际的湖面。

一望无际的湖面，澄碧如镜，旭日的金辉直穿水面，斜照湖底。摇曳的水草、大小不一的鹅卵石，迎光闪烁。

她引以为傲的硕大，引以为傲的圆润，引以为傲的通透，原来如此渺小。

一瞬间，所有的骄傲灰飞烟灭。

也许是绝望到极致的释然。她不再故作矜持地保持完美的体态，任凭风自由地吹来，散落林间。这感觉，风的触手原来是如此轻松和自由。

她不再担心身形的缩减，任意地在林叶间飘荡，随着树叶的颤动，第一次感受到舞动的欢欣。

她向七星瓢虫张开双手，向鸟儿敞开怀抱。晨光穿过她的胸膛，她的身体不再冰冷。

欣喜燃烧着内心，她落湖的前一秒，蒸散成烟，幻化成一抹云霞。

这一抹云霞，带着风的自由，带着瓢虫的斑斓，带着鸟羽的轻柔。

当我告诉你好好读书的时候

当我告诉你好好读书的时候，是回想起自己的曾经。想起我在商城外站岗的日复一日；想起在餐厅打工时的忙忙碌碌；想起在流水线上，焊锡的毒烟刺痛喉咙的无奈；想起贵州山顶，陡崖边上，我扛太阳能板的惊险；想起在销售楼里，经理每天催我业绩的烦躁……世界很美好，生活很艰辛。

生活很艰辛，世界很美好。

在我的记忆里，有一些场景。足畔春光粼湖面，身旁柳影动碧波。春日载阳，无课的我，拿着聂鲁达的诗集在湖边静赏晨光。树林那边教学楼里传来的讲课声，夹杂着林间鸟莺的欢愉鸣叫，与对岸考研同学的读书声交融在清晨。

在我的记忆里，还有另一些场景。教室楼堂黑未晓，河畔操场梦渐深。夏日的晚风消散暑昼，情侣们手挽着手闲逛校园，好友们相约球场，喊声阵阵。绿草荫上，武术协会成员挥舞着荧光双节棍；音乐学友围坐音箱，青春之音接续奏唱；单双杠上，健身的少年挑战着各种高难度动作，吸引了路人的目光。

当我告诉你好好读书的时候，是想起自己的曾经。

人生啊，不是在这里劳累，就是在那里忙碌。

人生啊，还有另一种情景，不是在春光和煦的湖畔听风吟诗，就是在俊杰齐聚的教室里探问解疑。

那里有最初的理想，月下宿舍里酒杯相碰的声音。

那里有最纯的爱情。阳光暖暖地照着，风轻轻地吹着，两人手牵着手，上课、游逛，便十分美好。

那时少年正风华，热血荡青春。

当年初读谪仙句，我亦春风少年时。当我告诉你好好读书的时候，多希望自己也还在读书。

晚　饭

晚饭时，我们老师都是一起在食堂做饭吃。

今晚孩子的爸爸，我们其中的一位老师不在。吃完饭，我骗小孩说："你爸叫你把碗洗了。"

话刚说完，孩子就唰地跑出去了。

我以为真跑了。不一会儿传来脚步声响，她竟带着一群更小的小孩跑进厨房。

果然，"大鱼诓小鱼，小鱼雇虾米"。

课　上

一年级。

“来，跟我读，‘老师’。”

“老黑。”

“老师。”

“老黑。”

“老师！”

“老黑……”

问　题

一年级。

一个学生指着目录里坐在月亮上的小朋友问我：

“老师，您看这个小朋友坐在月亮上，他是在坐月子吗？”

“啊，这，可能是，但应该不是。”

洗　发

来三天了，取水不便，洗澡无地，我又颇懒，头皮痒到无法忍受，不得不沐浴了。

我之前乘机，沐浴露、洗发露因容量太大都扔了。还好附近有几家商店，兜兜转转，买了两袋小的。

我买的时候没注意，洗时才发现袋上布满灰尘。

“妈呀，过期没有。”

我上下翻找保质期，无果，洗还是不洗？犹豫半天，一个不小心，它滑进厕所，这下不用犹豫了。

于是，我换了家看着高档的店，包装也挺新的，懒得找日期了。

等到洗时，保险起见，我还是瞧瞧。不看不要紧，2019年，哦，天啊。

正欲扔时，晃了眼保质期，四年！

语文园地

三单元语文园地，用动作描写表现人入迷的样子。讲完书上的例句，我想让他们仿写一下。写啥好呢？

“来，用动作描写你们上课入迷的样子。”

话一出口，我才意识到这可能是篇想象作文。

默　写

（一）

野旷天低树，江西（清）月近人。

来，过来，江西的月有那么好吗？

（二）

填空题：斩（　　）截铁

某考卷：斩（针）截铁

（三）

填空题：（　　）然大悟

某考卷：（宠）然大悟

“来，你来讲一下，你填的是‘宠’然大悟，她也填的是

‘宠’然大悟，你俩养的是同一只宠物吗？”

（四）

看拼音写词语：茅屋

某考卷：茅房

哥

他来办公室拿作业，看见一位顶岗老师就称呼“哥”。

我说：“这称呼是不是有点社会化。”

后来细想他俩的名字，真的是哥。

他让我想起了某些人

题目：读大数时，先读（　　）级，再读（　　）级，最后读（　　）级。

倒数第一的学生答：先读（四年）级，再读（五年）级，最后读（六年）级。

他在某方面一定隐藏着过人的天赋。

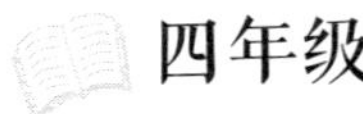

四年级

大人不在家，孩子守店。

“16元。”

“OK。”

路上细算，旺仔8元，辣条4元，矿泉水2元，不对啊！

几年级的，我明天找她数学老师算账。

考　验

周五下午，试卷上的字迹太差，下课前我叫他们练字，只忘说是家作了。

一进教室，学生们已经在练。我没按跟他们说的原计划给他们放电影，只是一言不发地拿个凳子坐在后面。

“老师，我知道，你一定在考验我们，我们是经得住考验的。”

“老师，你好幼稚呀，还看动画片。”

长大后我成了你

晚上才想起，今天那一幕，我好像在哪里见过。

高中时，隔壁班的同学跟我说起，他们的班主任，也是我们班的语文老师，前脚在走廊上还和别的老师有说有笑、前仰后合的，一转脸进教室就风云突变。

大概这就是师承吧。

回　家

五点多，学生就放学回家了。

可他们回的是我家！

广　告

本地盛产天麻。

之前没听说过，第一次吃以为跟芋头差不多，我尝了几口。

“啊，四五十元一斤。”

尽管味道寡淡，但第二次我还是尽力多吃了两口。

后来一到八九点钟，我就困得撑不住。

中秋节

中秋节快到了，我觉得一定会有礼物的。

果然，周五放学后，老师们纷纷开车回家，而校长却拎着桶灰找到我：

“雷老师，来，趁着放假，麻烦你把操场补一下。”

互　黑

这边的孩子都挺黑的。

我话还没出口，学生说：“老师，你好黑呀！”

我……

同道中人

（一）

“来，雷老师，你坐他的车。”

周末有老师请客去别的镇吃饭，邻近两个学校的老师也来了。

上去后，我问：“后座没人吗，要不要再叫俩人？”

“不用了，他们都不敢坐我的车。”

“啊！”

（二）

果然，先到又等了20多分钟后，我终于看见后面车的身影。

当然，还令我惊讶的是，为了一顿饭，五六车人来回跑了三个多小时，果然是同行。

桂花雨

刚学完《丁香结》，我让学生们仿写一篇《桂花雨》。

“在我断断续续住了三十年的斗室外，有着三棵桂花树……”

“放学等着，我去看看你住了三十多年的斗室是什么样。”

家 访

走了半小时。

“还有多远呀？”

“没多远了，翻过那边两座山，再从那里穿过去就到了。”

“呵……呵呵。”

善意的谎言

课上闲谈。

“你们一定要好好学习，考上大学。”

“老师，你是大学生吗？”

“是呀。”

“你一个月工资多少呀？”

“三万。”为了让他们对未来充满愿景。

“哇，那为什么你连双干净的鞋都买不起呀？”

“这就是我要教给你们的第二个美好品德，勤俭节约。”

“可是鞋洗一下就会干净得多呀。”

“你看，这就看得出为了你们我平时有多忙了。”

怀　念

像往常一样上厕所。

突然怀念起以前大学室友总把卫生纸放在厕所的时光。

牧羊少年

《牧羊少年的奇幻漂流》终于到了，我中午忍不住在教室里翻了翻。

“老师，学放羊啊，我教你呀。”

“你不是放牛的吗？”

“举一反三呀。”

“你可真聪慧。”

听　写

他的听写错了一个，正好那天我们也要去他家家访，就笑着说：

“看，错了一个，放学后我去家访。”

“老师，不至于，不至于。”

他以为我开玩笑，虽然真的是在开玩笑。

不过，傍晚看见我和校长以及其他老师从院子的拐角出现时，他幼小的心灵好像受到了创伤。

级　别

我管六年级的。

六年级吼一年级的。

一年级的，打我。

患难见真情

下课时，她俩吵得不可开交。

我走进教室上课，原本想下课后再劝劝。但当听写完看到她们已经在患难与共时，我想她们已经恢复了之前的“革命友谊”。

素末谋面

以前讲解释词意的题，我跟他们强调要从字面意思去理解。直到有天改试卷：

素末谋面：素菜还没吃完，面就端上来了。

发作文

“这一摞，过了；这一摞，凉了。把这边发下去，这边，你的，流水账，重写；你的，练字，重抄；你的，把‘命’重写两行……”

一会儿后。

“老师，为什么我要把‘命’写两行？”

“写错了呀。”

“哪里错了？”

“把作文本拿来。”

“干啥？”

“给你看‘命’！”

天　机

每周一三五正常上完课后，我给他们辅导一小时语文，周二、周四是数学老师辅导。

“老师，可惜今天不是你给我们补课，听写不成了，哈哈。”

“你们的数学还不是一样要补。”

“我打赌今天不会给我们补，你看要下雨了。”

“我打赌他今天还是要给你们补。”

“不会的。”

“待会儿我就去问问，听说你们昨天连圆周都还不会算，今天都能算天象了，就是不知道算得对不对。”

“不能问，天机啊。”

教　材

“老师，这门课他们有教材吗？”

“有啊，他们拿来打草稿的那本书就是。”

人物形象

讲了那么多篇课文，他们记忆最深的还是《穷人》中的桑娜：善良，富有同情心。

每次听写时，他们总想用桑娜来感化我。

我的逻辑

“老师，下课10分钟了。”

“对呀，下课10分钟不就上课了吗？来，我们继续上课。”

“流泪”的排骨

国庆节连吃了六天的面，终于等到第七天赶集了，弄了点排骨，买了火锅料包。当我用“高超”的厨艺操作完，试尝了一口，终究是流下了不争气的眼泪。

口头禅

不知从何时开始，他们已经在收集我的口头禅了，并问我当我说“安静”和“谁在讲话”时有何区别。

我说“谁在讲话”是觉得你们有点吵，就温馨地提醒一下；说“安静”是觉得你们很吵了，每说一遍，你们的家庭作业就会多0.5倍。

后来，每次见我深吸一口气做预备式时，他们果然安静了很多。

有天中午，阳光晴好，我回屋睡午觉。睡到迷糊时听见吵闹，我下意识地脱口而出“安静”。果然已经成口头禅了。

可　爱

我讲到鲁迅初见闰土时的情景，“紫色的圆脸，头戴一顶小毡帽，颈上套一个明晃晃的银项圈。”大家读出了什么?

一片静寂。

“这都读不出来吗，我们来看看嘛，‘紫色的圆脸’，班上谁的脸最圆，咦，就是你了。”大家目光齐聚，“来，大家看出了什么？”

又是一片静寂。

“可爱呀！”我说。

“啊，啊……”一片哗然。

“我不信，我不信……”

望着这个班上最壮硕的男生，我突然也不知道该咋解释了。

汉 堡

好不容易去趟县城，除了胡吃海塞、大包小包地拎了不少外，也给孩子们顺便带了几个汉堡。

“为什么这汉堡还带着可乐和香蕉味？”孩子问。

“这个嘛，汉堡和可乐装在了一个袋子里，结果可乐不知道哪里漏了。”我喝着没漏完的可乐说。

“那香蕉味呢？”

“带回来的时候已经冷了，就拿到蒸箱里去蒸了一下。但水汽进去就不好吃了，就拿保鲜膜包着。”

“然后呢？”

“那个保鲜膜原来是用来包香蕉的。”

脚　印

恰逢假期，久遇天晴，几个孩子便提议去爬山。

去时由他们带路，熟练地当着向导，介绍着路边和前方的风景，蹦跳、拍照、说笑。在冬日晴光的暖照下，我们一路无不欢快。

返回时，我们面临着一个选择，在终点回望到一条岔路，比来时的路更宽更平。但他们从没走过山谷，不知能否走得回去。我因为想体验更多的新奇，也考虑到雪未全化下山的路很陡滑，就想着不妨试试另一条，实在不行到时再返回来。

于是，他们也像我一样边走边左看右望地开始欣赏起周围新奇的风景来。只是山高路幽，走了半天一直傍山横着走，丝毫没看到下山的迹象。一个孩子便担忧地说道："这条路下不去，我们走回去吧。"

"下得去的，继续。"

过了一会儿，我们依然傍着山走，又有人说：“怕下不去了，走回去吧。”

说着我们不由停下脚步向前眺望，可山路随山体弯弯曲曲，一侧挨近山顶，一侧悬崖陡壁，山倒是看得清楚，在余晖下一片金黄，可我们的前路却一弯不见下一弯。

“走回去吧。”另一个孩子附和道。

军心好似动摇了，我不得不道出秘密，指着路上不整洁的雪说：“你们看这是啥？”

“脚印。”

“对啊。”这里肯定之前有人走过，如果下不去，他就不会走这边了。

他们好像都被我说服了，又一路玩赏着走起来，可走了半天路还是没有丝毫往下的意思。我也陷入了疑虑，但看着时不时在雪上出现的脚印，又坚定着自己的选择。

果然，一个山弯后，在一个凹处豁然出现了一条陡下山脚的小路，连接着山脚的地。“你们看，我就说下得来嘛。”

走从前没走过的路，才会见到从前没见过的风景。在路上难免会犹疑，但总会寻到前人的足迹激励我们，“走下去”。

殷切寄语

此部分所有文字皆由第十三任支教老师雷全武所创作。

我希望你独具一格

我的风格不拘一格。

一片树叶的增加或减少，于森林无关紧要。我更喜欢做一只五蹄的麋鹿，既能在森林里自由快乐地蹦跶，又能在土地上留下独一无二的脚印。

我们跟着先圣的足迹成长，却不能终身留在他们的脚印里生活。我们生活在同一个世界，见到的却是各异的风景。没有两滴露珠倒映的物象完全相同，每个人站在各自的位置接触体验着独有的生活，那是别人到达不了的世界，除非自己愿意敞开心灵的大门，欢迎世人的来访。而语言无疑是最好的钥匙。

文章的目的在于传达，传递思想，表达感情，用文字表述独有的生活，向世人敞开自己的世界。它的有限性在于只能表达“我”体验理解的生活，它的无限性则在于表达的可是“我”体验理解的生活。那不是一个让人人都满意的世界，毕竟真正的世界都不会让所有人满意。但那应该是一个独具一格的世界，带着独特的色彩，展示着独有的人生。

可有多少人的世界又能真正独具一格？小时候，人是外在的相似，内在的千奇百怪；长大后，外在渐渐各异，内在却容易千篇一律。人的独特性，既是与生俱来的，也是后天教育形成的。真正成功的教育是社会性的成长、独特性的保留。

人生于世，做个标准的人好还是做个独特的人好？我希望我表面是标准的，能与大众相似，举止得体，不在公共场合因诡异而引人注目；我希望我的内心是独特的，即使与他人看到相同的日出，也有与他人不同的感受，与他人走在同一条路上，看到的却是各异的风景。内心就是一副有色眼镜，戴着只属于自己的颜色去感受世界，体验人生。

人生在世，虽然不能完全活出自我，但是也不能完全丧失自我。独特不一定要张扬，但自己要保留。在只属于那个我的世界里，倾听内心的声音。

这就是我追求的风格。做人也好，写作也罢，不保证正确，但保证真诚。不求华丽，但求精简；不求深刻，但求独特。分享生活美好，传递人生感悟。

我希望，我有这样一颗心，一颗不拘一格的心，

我希望，你们也是这样一群人，一群不拘一格的人。

游 戏

如果一个人、一件事，既不能让你感悟生命，也不能为你指引人生，那早晚有一天，你会发现它不值得。

我不得不承认游戏的吸引力，我也曾经深深陷入其中，如同一头扎进海里，沉浸在一个与现实生活截然不同的刺激世界。但一上岸后就会发现，这个看似波澜壮阔的世界，其实里面什么也没有。看似是一片海，原来只是一个墙角。那空虚的胜利，既不能换得报酬，也不是值得夸耀的荣誉，胜利为何？终是空空。

小孩子打游戏很正常，不打游戏才不正常，这源于天性。但现在我陷入担忧，电竞已成为一个行业，一些电视剧、一些宣传，给游戏戴上“荣誉”的桂冠。它用打造“明星”“偶像”以及直播的形式，正在悄悄地使本是休闲的娱乐由天性发展为一种“追求”和“理想”。

因为经历，所以明白，小时候的所见所闻，会给人生带来很大的影响。娱乐比正统教育更易影响一个人年幼时的价值理想。给孩子营造一个健康的娱乐环境，对其心智的健全和思想的发展不亚于多年的正统教育。

教育，本身就是有意义的游戏。而游戏一旦有意义，莫不也是一种教育。

娱乐不可避，不论是对于成人，还是孩子。而玩有意义的游戏、追寻有意义的快乐，有一天你可能会觉得这样的快乐值得，过往的生活才不会如过眼云烟，才会生出无限怀念。

我怀念，幼时在还是清澈见底的溪里捕鱼捉虾，和伙伴漫山遍野地跑着找野果，和表哥砍竹子做竹枪比谁的枪响，和同学下象棋、弹弹珠、弹贝壳、捉迷藏、放风筝……当时频道统一、动画相同、时间固定，大家的兴趣随着热剧走，追同样的动漫、喜欢同样的英雄，抱有同样的理想，在一个山村的角落，仍想着拯救世界。

我怀念，那些山、那条小溪，各样的玩具、各色的动画、再难见的伙伴，它们和电子游戏的快乐虽然没有根本区别，但是又觉得有很大的区别——丰富多彩。

对别人的劝诫无不基于对自己的反思。

因为失去，所以珍惜；因知悔恨，方悟值得。

如果一个人、一件事，一本书或一首诗，既让你热泪盈眶，又使你醍醐灌顶，那正是为你编织黄昏的云霞，为你点亮夜空的星光。

走吧，走吧，遇见一些有趣的人，做一些有意义的事，读一些经久不衰的书，珍藏几首动人心弦的诗。走出那狭小的墙角，走向这宽广的世界。

走吧，走吧，在寻常的日子起舞，在平凡的时刻绚丽。

莫负青春年少时。

执　着

人执着时，泪，都是滚烫的。

明知不可为，仍为之；明知代价高昂，仍坚持。一些旁人不能理解的行为，往往也有一个旁人不能理解的动机。

屈原是执着的，“虽九死其犹未悔”；司马迁是执着的，愤以余生著《史记》；陆游是执着的，“家祭无忘告乃翁”……

屈原立文，司马开史，这股“执着”的信念一直流淌在中华文化的血脉中。西方崇尚“勇士”，敢冒险、强勇气，征服大海、踏平远方；而中华民族的这种执着，往往是在“守护”时迸发力量。

辛弃疾、陆游等爱国志士在南宋时将这种精神推到高峰，志士起伏澎湃，人生壮怀激烈。

清末民族危难之际，这种精神再次迸发，“驱除鞑虏，恢复中华”。那是一个风云动荡的时代，而一艘拥有伟大精神的船注定不会沉没。

零下几度的寒风已将手指吹得犹如刀割，我总是不经意想起中国人民志愿军，是怎样的力量让他们在零下几十度里奋战敌人的飞机、大炮？

时代在变，精神却不可磨灭，在历史中、在血脉里，更在个人的人生中。

执着为国，执着为我，为理想，为生命。

一个执着的民族能从任何艰难困苦中奋起，一个执着的人能在任何逆境中坚持。

坚持非为成功，因为热爱。对国之热爱，“位卑未敢忘忧国”；对生命之热爱，不撞南墙心不休。

执着非为成功，相反是在失败概率更高时的坚持，这需要在绝望的大山中劈出一块希望的石头，在大浪中淘出一块沙砾，此乃生命的觉悟。

武侠小说之中，常常会设定这样一种招式，威力巨大，无人能挡，但一生只能使用一次，且以生命为代价。我们无时无刻不是在以生命的代价走着人生的阶梯，每个人何尝不是有自己的绝招。

勿怕，勿悔。爱我所爱，无惧无悔。

执着，一是热爱，二是坚持，三是觉悟。

对一件事热爱到骨子里，才会从骨子里迸发力量。在外人看来不理智的事，只有自己才明白那份值得：

明知此路多风雨，何故披风向雨行？

飞蛾扑火葵向日，只违常理不违心。

美

花香引蝶来，可曾留得住它不离开？

美能吸引人，真正的美才能留住人。

美的开始是让你奔赴，美的最后是你离开时的止步。

我不爱照相，除了毕业照和证件照，好像没有其他的照片了。

奶奶的屋子里倒是一直挂着一张老爸当年打拳击的照片，红色的拳套和头套，犀利的眼神，以及当时还青涩的脸庞。

爷爷奶奶年轻时候的照片，一张也没见过。当孩子长大时，母亲都已老去，何况奶奶。

奶奶的家里，还有一位辈分更高者，我的老祖。老家公在我出生那年就去世了，老祖就和爷爷奶奶一起住，她的听力不好，听说是当年被日本人的飞机炸伤的。我很少回奶奶家，更少与她说话，只有每次回去时向她问个好，每次临走时和她道个别。

八九十岁了，她每次还能记起我，一股温暖流淌在心。

但支教完回家，我已经不用再去问候和道别了。以前我就在想，不知哪次道别会成为永别，有些意外注定会到来。或许是遗憾的缘故，有次做梦回奶奶家，墙壁上清晰地挂着一个年轻女孩的照片，青涩的面庞，手捏着两条大辫子，红色棉花衣服，灿笑如阳光：

你十八岁的笑，很美；你八十岁的笑，很真。

追　求

人年轻的时候，最难的是学会追求，等学会追求后，最难的是学会接受。追求，是一个名词也是一个动词，是一种期待也是一种行动，是为做到某件事或得到某个东西而不断去奋斗。前提是你得有一个追求，关键是你得去追求。

然而，比起去追寻天边的一颗星，路边的花朵更加芬芳。课间和伙伴一起打篮球、跳绳岂不更快乐？这是作为小孩子的天性和权利，然而作为大人，我希望你们有一天能明白：

“为了更美好，你得先放弃很多美好。”

“逐鹿不顾兔”，一个无悔人生的前提是得先明白一生什么最重要，然后去追求它。这个要求对还是小学生的他们来说是强人所难的，毕竟很多人一生都还没想清楚这个问题。

毕业之后，我能感到同学们身上的失落感，无论是理想坠地还是面对社会。没了学校围墙的保护，生活更真实地展现在眼前，不是生活不够好，而是大家换了一种生活。

毕业分别时，我注意到他们的笑容在灿烂一瞬过后，那眼睛深处的忧伤。如果不是因为舍不得我，那就是在忧虑生活。从记事起，我们就是学生，十几年的校园生活，已熟悉了这种生活模式。而今圈养的“羊”突然被丢进了森林，没了那堵墙，心理就没了防线，令人恐慌的不只是森林的危险，还有失去了对过往的依赖。

人年轻时可以倔强，可以化雨成风，可以骑云追梦，可以在深夜里因失恋痛哭，可以在雨中为爱恋执着；可以逃课，可以熬夜，可以随心而往。此时多数的忧虑，都是出于对未来生活的担忧，而不是现在。直到有一天，未来变为现在。直到有一天，人要开始学会接受。

接受理想变为现实；接受另一种生活，一种可能比之前更辛劳的生活；接受青春时光的离去；接受家庭重担的压肩。有一天成家了，你才是真正开始“负重前行”。

太宰治写道：“如今的生活，说不上幸福，也说不上不幸。”我曾说“大多数人是在将就中度过一生”，后来我才发现，这是现实，更是人的选择。

虽然艰难的是生活，但最后选择将就的还是自己。不经过自己的同意，谁能让你低头？

“以昂扬的姿态面对这惨淡的人生吧。”

生命之风，永远狂舞。

若你青春年少，希望你早日找到自己的追求，并去追求。

若你不得不为生活打拼，希望你能学会接受，接受生活的无奈，接受人生的不如意。但接受，并不意味着放弃追求。只要愿意，人生可以永远在追逐星光的路上。

人生如果没有结束，就不要结束人生。

小心翼翼也好，大步从容也好，不知不觉，我也在半睡半醒之中走过了半生。而余下半生，该如何度过？

尽管模糊，内心的声音始终在耳边激荡：认真生活。

尽管落寞，过去的选择早已给了我答案：不要将就。

生　命

生命就像个拼盘，盛着各种缤纷的水果。

拼盘不大，也不算小。一种水果有一种水果的口味，吃一口有一口的滋味。

12岁的梨香脆，18岁的葡萄酸涩，30岁的橘子清甜……

六七十年，水果渐渐地被吃完，桌上只剩个空空的盘子。

旁人看来，只见你拼盘空空，以为你无限失落。

只有自己知道，腹内已饱，是心满意足的安然。

我们喜欢将生命的晚年比作秋天，冷风萧瑟，黄叶枯败。

的确如此，比起渐多的皱纹，谁不喜年轻的容颜？日减的体力怎及风华正茂的青春？春花秋月，四季之美不同，也只是心理安慰罢了。

23岁，看着六年级的童乐无邪，望着昔日同窗作为研究生的校园生活，无不感叹年华的消逝。

他们的盘子里，摆放着比我更多的水果。

但我那缺失的水果，毕竟不是被我白白扔了，而是当初一口一个地咬下咀嚼的。

即使有时庸庸碌碌，也算青春有得，不至于腹内空空。

人之将逝时，是带着两个世界离开的，

一个是现实，另一个是心灵。

一个在眼前充满哀伤，另一个在内心填补哀伤。

意 义

是什么让我们成为自己？
一生爱过的人，一生追求的事。

是遇见的那些人，
是遇见后记住的那些人，
是遇见后记住并且怀念的那些人。
是相伴一生的人，
是心系一生的人。

是因热爱而追求的事，
是追求不得仍执着的事，
是执着到生命尽头的事。

人活着，要么为了某些人，要么为了某些事。

考 试

虽然不是每一朵花都能结果，但至少都曾经美丽地绚烂过。

星光的意义不在于到达，而在于引航。

关键在热爱。热爱大海，热爱远航，才敢乘风破浪。

我第一次紧张是在高考时。应试教育的最后一道关口，高中三年的努力都倾注在这短短两天的一场场考试中，过往的三年，未来的一生，都深深地被这一刻影响。每一笔的书写，都充满着惊险。

也许考试，考的不仅是知识，还有勇气。

高考过后，我第二次感觉到有风险的考试是考教师资格证，作为师范类学科专业，除了像我这种“不求上进”的，大家都在奋力丰富自己。查询成绩那天，空间里、朋友圈，悲喜交加，彻夜不眠。

时间、金钱、精力，是做绝大部分事时必要的投资。而考试这种投资，注定充满了风险。

学生时代最后的一个高风险事情，莫过于考研了。在这个竞争日益激烈的时代，除了像我这种“不求上进”的，都在奋力地提升自己。这是比高考更考勇气，比教师资格更大的投资，结果又会是几家欢喜几家愁。

很难想象没成功上岸的同学会陷入多大的悲伤。一年的早起晚归，瀚海般的知识背诵，多少个日夜的担忧恐慌，一夕间付之一炬。

查询成绩的那段时间，我不敢和同学聊天，成功的固然恭喜，落榜的却不知如何宽慰。我不爱说客套话，没考上确实很伤心。

宽慰不了别人，其实就是宽慰不了自己。

我最终还是没压得住好奇心，忍不住去问别人“考得咋样”。

“唉。”悲伤的人总是话语很少，心情很长。

不知道如何宽慰的人的话语也很少，心情很杂。

直到很久以后，当初跌落深渊的人已从阴影中走出，而在聊天中，另一个人却在回忆里生出另一种悔恨。

如果高中不那么懒懒散散，大学会不会是另一个名字；如果不那么理智，如今会不会也是一个持证上岗的老师；如果不是那么权衡利弊，是不是也有一个机会去碰一碰人生的更高层次？

我总是很理智，喜欢两点之间走直线；权衡风险，不做没有很大把握的事。现在我才发现权衡了所有，却一直忽略了一个最重要的问题：想还是不想？

不去做自己想做的事，早晚有一天会在回忆里无限悔恨，哪怕很多事是徒劳的。

如今望着你们，小升初、中考、高考、考研，不知道你们会走到哪一步？绝大部分人是在考试中确定了自己的人生。

不过无论结果如何：

两点之间，直线最短，曲线最快，弧线最美。

虽然不是每一朵花都能结果，但至少都曾经美丽地绚烂过。

友　谊

很多人不再联系，并不代表忘记。

很多人断了联系，只是没有合适的契机让友谊重续。

如一团熄灭的柴火，随着时间冷却，等重掷火种，炭火依旧旺盛。

人生轨迹不同，有些友谊更适合收藏。

一群人相聚，要么有着共同的曾经，要么有着相似的未来。

高中如此，相近的年纪、缘定的地域、差不多的分数，让一群人齐聚一个班，一起上课，一起游戏，一起共度三年。

大学如此，选择同一个城市、选择同一个学校、选择同一个专业，选择相似的未来。在上课铃响前，从人海中聚集到一个教室里，在拍毕业照时定格在一张相片上。

工作后也是，和同学聊天，就是中建和中铁的对话，支教老师和其他学校老师的对话。

共同的曾经，相似的未来，让我们齐聚在“现在”。

可是，怎么也不会想到，当初无话不谈的同学、一起上下学的好友、一个宿舍的兄弟、近在咫尺的小组队友，现在却信息微弱得如茫茫宇宙中丢失的信号。

是因生活的繁忙，还是对过去的遗忘?

当很多朋友跟我说这个问题时，才发现我不是个例。

“问一个问题哈，从前很要好的朋友，饭一起吃、作业一起做、厕所都要一起上、周末一起玩，可不知怎么联系变得越来越少，后来又渐渐地断了联系，这是为什么？”

或许没有为什么，这就是人生的常态吧。人的分离换来联系的减少，但很多人不再联系，并不意味着忘记。也许在某个时候，他会突然想起你，和你有一样的疑问，只是彼此都没有合适的借口，再发出问候的讯息。

有时我也主动展示热情，却换来合理的误会。

“有事吗？”

如果一个很久没有和你联系的朋友突然打电话给你，你会怎样想?

“我没钱。”

似乎总是缺少一个合理的理由，给彼此一个联系的契机。

然而，真正的朋友，是不需要理由联系的。

有次临近过年的时候，和爸妈一起到别人家吃饭，偶然和二年级时的老师坐在一桌。

“这是你们二年级的老师，你还记得不？”老妈笑着说道。

老师热情地打招呼，还能喊出我的名字。我是清晰记得她的。有一次，我放学后和同学一起到河边捡小蚌壳，第二天不知道被谁上告了，被她狠狠地打了一顿屁股。

然而，此时的我不知怎的忽然变得生分，如同身高的增长和样貌的改变，一切都在变化。

高中之后，我就再没回去过，那时没有QQ、微信，以致没有留下一个老师的联系方式。如同鹿走出山林，再没回去，从此消失在茫茫平原。有时看着短视频里说“毕业后还对老师好的，往往是后几排的同学”，不觉有几分羞愧。

有时我也想回去看看，但略带自卑的心理却鼓不起那份勇气，“穷困兼潦倒，生怕见旧人”。

都说大学友情比起高中友情不是那么纯洁和深厚，不那么纯洁有可能，但“深厚”却是肯定的。三年的风雨同舟、苦中作乐怎会比春光草地上玩游戏的友谊深厚，所以现在还在联系的都是大学同学了。毕业时说着“相逢年少轻狂时，再会春风得意后”，我知道再相见将遥遥无期。就如当初高中毕业时，怎么也不会想到，同一个小城的同学也是一晃四年，一次都没见过。

未来的路不同，联系不易浓，但很多人不再联系，并不代表着忘记。

如今眼前的你们，此时的我们，是如此相处无间、无话不谈，很多年后若再次遇见，会不会也多出一些生分。

因为经历，所以明白，即使生分，也并不意味着陌生。

笑与泪

有的泪，是忽略了快乐；有的笑，是在无视哀伤。

有的快乐，易让人落泪；有的哀伤，却要假装坚强。

孩子的世界不会转弯，开心时笑，伤心时哭。

班上的孩子时常会哭，摔倒了、吵架吵输了、受委屈等，我经常挂在嘴边的是：

“没事，哭一会儿就不哭了。”

“小时候不受伤，长大后怎么坚强。”

果然不出所料，过一会儿，哭的人又和同学们喜笑颜开地玩在一起。

我不怕他们哭，怕的是孩子沉闷，既不笑，也不哭，呆呆地坐着。你能看出他的不开心，像一扇关闭的门，又好像突然长成了大人。

当心情不写在脸上时，孩子已经在慢慢地长大了。

所以，我不怕小孩子会哭，心情总会好的；可我很怕大人哭，有时候那代表一种崩溃。

长大后的笑很复杂，而哭很简单，因为人不经常哭，一般只在两种情况下哭——极度悲伤或极度喜悦。

“初闻涕泪满衣裳”说的就是这种喜悦吧。

我也很想体验这种喜悦，可看着越来越多搞笑的娱乐节目，华而不实，实在是笑不出来。我半夜发的一条空间状态引起朋友的共鸣：

越来越多的人能让你笑，可越来越少的人值得你哭了。

愿你一生欢笑，一生也多遇见几个值得你哭的人。

日 记

你们有人在写日记，这始终是一件令人欣慰的事情。

我是在大四快结束时才明白日记的重要性的——原来日记的意义不是铭记，而是学会珍惜。

只有无可奈何地失去，才会痛彻心扉地珍惜。

虽悲切如此，亦昂首以往。不争日出，但惜日暮，即使是一塌糊涂的演出，也要华丽落幕。因此，我们应尽力感受、极力探求那生活的美好、一天的意义。

日记断断续续，尽管如此用心，却仍为薄薄几页，只是偶尔写写，发一下朋友圈。果然如我老师说的那般，“人生精彩的只是几个瞬间”。

寻常的日子，日子寻常。

一旦成为追忆，岂又真寻常。

思　想

一个没有自我思想的人，
是不太敢做自己的。

一个不顾他人蜚语的人，
一定有自己的声音。

生活的风很大，
不敢独立荒原，
只得借所房屋栖避。

娱乐浪潮的席卷，
精湛的推销话术，
直击你思维的薄弱处。

拥有思想，

站在巨人的肩膀上，

用自我的眼睛眺望生命和世界。

保持性情，

一半在安逸清醒，

一半在世间沉醉。

思想不能无主，

性情不可扭曲。

你所面对的是世俗，

要战胜的是自己。

成　长

成长，不是一件自然而然的事。

总有些意外突如其来，给你懵懂的心撞条裂缝，从此喜悦和忧伤，由一种情绪深化为千般心情。

有些情绪，转瞬即逝。错过今晚的黄昏，还有明日的清晨。

有些心情，相伴一生。因为一旦拥有，无可代替，一旦失去，再难拥有。

花会重开，已不是去年模样。

成长是雨水和春风同时袭来，一道裂缝从此在心门打开，难以闭合。一道道印痕，烙刻在心。

人生难逃，人注定会成长。避不开猛烈的快乐，躲不掉极致的悲伤。

时　间

当某天你有想做的事情的时候，你自然会发现时间的宝贵。你会珍惜时间的每分每秒，就像握住手里不断流失的沙。

你想要建一座城堡，年少的你手握机会，也有可能，但机会和可能正在无可奈何地流逝；你无时无刻不在面临着选择，是将沙子筑成城堡的一部分，还是任它随风飘散？

每个人都有觉醒期，但觉醒的早晚决定了个人的命运。

你会在何时觉醒？

年少时虽然很多人仍在懵懂和迷茫，但是至少在毕业前，你依然可以一往无前。虽然尚不知道城堡的模样，但每个城堡的地基都是相似的。

有足够的花叶，才能开出足够美丽的花朵。

人的一生都是走在时间的单行道上，年轻时候的回望是一种选择性转身，望望走过的路，反思过去，寻找未来。

当有一天生命走到尽头，那时的回望已是无可奈何，不得不转身面对走过的路，寻找曾经在手中流逝的沙，有多少筑成了你理想的城堡？有多少还能寻到踪迹？

人生虽然一直在失去，但是有“值得”和“徒然”之分。回忆里的昨天若飘散得连一丝痕迹都没有，生命又有何意义？以快乐为借口来安慰自己时，你的内心其实清楚，真正的快乐是当下感到快乐，回忆时亦觉值得。

不要觉得早晨太早，有的人在半夜就已起床；不要嫌黄昏太迟，有的人于星夜还在追光。

面对未来，要有智慧。倾听内心、认清自我、看清形势，谨慎而坚定地作出自己的选择。

面对昨天，要有勇气。敢于走向黑暗深处，看清给你生命带来阴影的东西究竟是什么。人如果连面对昨天的勇气都没有，如何迎接新的明天？只有勇于面对昨夜的黑暗，才能迎来明日全新的黎明。

我最伤感的是明知生命可贵，在有选择的情况下，还在白白浪费时间的人。勇气不够，他人可以予你激励；智慧不足，书籍可以给你弥补。但生命的态度，唯有自己把握。

时间是向前的，人生是向上的。

奔跑不是人生的一般姿态，攀爬才是。只要是在攀爬，明天就会比今天更高一点；只要是在攀爬，就没有一条错的路。

苦　痛

你的心应该像一片海，那样才能不惧任何风暴。

人在不断受伤中变得坚强。而坚强，并不是无所畏惧，只是经历过深渊，便不会在意沟渠了。

学习使人进步，苦痛教人成长。深沟里才能看到最深邃的星空，趁着年轻，大胆地去经历吧。

人越早经历苦痛越好，不论跌落到怎样的谷底，总还有爬起来的时间和机会。在谷底捡到的珍珠，因时间的不同，色彩也随之变化。

生命没有翅膀，即使攀爬在悬崖不小心跌下去，也不会粉身碎骨。除了违反法律和失去健康，你永远拥有再来一次的机会。

苦痛是人生中的一笔财富，虽然它往往是“意外之财”。对年轻人如此，对老者也是这样，只是年轻人比老者有更多使用这笔财富的机会罢了。

只有穿越过风雪，才能无畏冬天。而风雪教会人的，不只是坚强，还有智慧。

有足够多的经历，自然会明白很多道理。他人的善言如果是治病的草药，也只有丰富的经历，才能将它消化吸收。

愿你的华茂里饱含勇气，愿你的皱纹里充满智慧。

豁 达

没有伤疤不能愈合，没有冬天不能过去，没有一个黑夜等不到黎明，没有一个春天等不到花开。

总有一阵风，可以吹散所有苦痛。

心若是一棵树，逃不过风吹雨打；心若是一片海，狂风暴雨也不怕。

豁达是一种坚强，也是一种浪漫。遍经世事，我初懂浪漫。

心中藏有玫瑰，眼里才有春意。风雪之后，才会感知春天的到来。

豁达是人生经历的沉淀。看遍草木方识林，跨越山海始知天。

豁达是沉淀后的土壤开出的花朵，遇风随风，遇雨欢歌。

豁达是拿起后的放下，执着中的释怀，热爱后的淡然。

暴风雨后的天空，才会真正云淡风轻。云淡风轻之中，还有一束光，在表达着生命的倔强。

过　错

说来有愧，我小时候也偷过东西。

应该是三年级吧。放学后，一个伙伴把我们三个顺路的同学喊到一起，说："走，今天下午我们去那家商店偷东西，那家老板在那里打牌，有一个货架挡着，他看不到我们。"

后面还说了很多，记不太清了，只记得我们几个都同意了，并开始行动。

一到那家商店，老板果然在那里打牌。我们犹豫又畏缩地在货架间徘徊，刚将几个气球塞进包里，老板突然大喊："看，他们几个偷东西。"

我一下子感觉天塌了。老板娘闻声赶来，将我们逮个正着。

眼泪都在眼睛里打转了。

令人喜出望外的是，不知什么原因，老板娘竟然只说了我们几句就放我们走了。

自那以后，我明白了两个道理：

一个会怂恿你做坏事的朋友，随时也会出卖你。

人难免会犯错，不要因为一次过错就判定他的一生。曾经偷过东西的我，如今也成为一个正直、善良、友好、博爱的人。

爱

爱是神圣的，爱一个人是平凡的。

爱是轰轰烈烈的，爱一个人是细水长流的。

藏心难为言，化雨润无声。爱，有时候只是在相见时比他人多一声问候，只是在送别后比他人多一份忧思。

三月春光，四月晴天。有些爱是送花，是平淡中的一份惊喜；有些爱是养花，是平淡中的一份真切。

当你遇见时，我已为你盛开很久。

送的花在枯萎，养的花在生长。

爱是一份真切的寻常。

爱，不是由谁带来，也不是任谁带走。与生俱来，一直在心。

但此爱是不完全的爱，是未筑成城堡的沙，是未染玫瑰的红。有所寄寓，才现它真正的形态。

有所遇见，才会发现它的意义。

母亲有了孩子，母爱随之落地。爱是新叶的生成，两面可以区分，却不能分离一叶。

是唤醒，也是赋予，是心甘情愿地付出，是无怨无悔地值得。

一见钟意唤心动，两人相悦赋情生。

不过有时候，也是带刺的玫瑰，雪花的柔寒。

因缺乏沟通导致桥梁的倒塌，因不善理解在风雨中飘摇，因羞怯不敢言语的煎熬，因分离永远怀念的忧伤。

是关心隔着一条银河，是问候缺少风的相送，是误会后彼此的诀别。

在烈火中灼烧，在冰雪里寒冻。在烈火中灼烧却不愿放手，在冰雪里寒冻仍不愿弃离。

书　别

当生命不再有黎明，
希望有足够多的繁星，
缀亮你永暗的夜空。

当世界不再有我，
希望你读着我的诗，
记得我来过。

行走这人间，
悲喜参半。
二十三年，地狱天堂，
才见世界真模样。

幼时喜欢笑，

喜欢春风原野，

蝴蝶追光，

将鲜花铺满木床。

长大后，

蝴蝶依旧斑斓，

斑斓枕孤单。

霓虹照城市繁华，

漫游街头何处如家？

萍水相逢，

话语有时难辨真假。

人海万千，心向谁系？

有幸遇见你。

你是猝然临之的惊喜，

也是冥冥之中的注定。

抹一点诗情，
带一点花意。
碎言细语，
在这离别的时刻，
最后将我写给你。

当你读到时，
希望你会想我，
哭或笑都行。

明天你是否还会回来

是否这是你，

是你最后的再见？

隐没在黄昏，

消失在黎明前，

像风一样，

风一样地悄然走远。

山谷云雾漫白雪，

我望不见天，

看不到山的那边。

冰凉的清晨，

茫茫一片，

雪花落满大地，

唯独遗忘我滚烫的双眼。

冬鸟沉眠，
林风寂寂。
如果这是你，
是你最后的告别，
可否许一个承诺，
在明年花开的那天？

多长的遇见，
才能来得及告别？
多久的告别，
才能再次遇见？

明天的你是否还会回来，
明天的我还在这里等待。

如果有一天我突然离去

如果有一天我突然离去，
我不想你对我一无所知。
不想如晨珠，
滴落湖面的消失。

你若见过，
风吹过山野，
橘橙金黄，藤挂葡萄，
我希望如秋天般被你怀念。
如葡萄酿成美酒，
思念带点涩甜。

如果有一天我突然离去，

我希望是你书中特别的一页，
不在序章，不在尾篇，
是你途中摘下的枫叶一片，
珍藏在书的隙间。

你细数枫叶的纹理，
回忆着我的世界。

假如明天我真的不见

假如明天我真的不见，
你会不会有所怀念？
从前我假装的消失，
你的溪湖有没有鱼儿在走失？

如今我真的不见，
你的话语能否多一点特别？
你会不会以为我还会出现，
你知不知道我已没有明天。

假如明天我真的不见，
你会不会像我一样怀念？

我只能静静看你走远

我只能静静地看你走远，
与往常没有什么区别。
山腰蜿蜒的小路，
不自然地挥挥手，
说着再见。

余晖还在山头，
你向阴影走去。
听你身旁潺潺的流水，
一个向山深，
一个向东流。

我拦得住你的离开，
可留不住我的远别。

那些云，那些人

云涌风起多变幻，
花在情深最斑斓。

那是一片千姿百态的云呀，
一朵五彩斑斓的花。

那是一片转瞬即逝的云啊，
一朵永不重开的花。

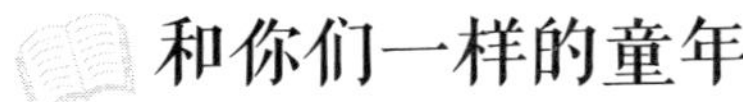

和你们一样的童年

我热爱这里，山、水、烟、树、人，一草一木皆报以极深的感情。这些并不只是由于美景的吸引和人情的淳朴，更深层的悸动则是那似曾相识引起的怀念。此时的你们多像幼时的我，这里的山村多像那时的家。我与你们分享，只是想告诉你们此时你们的时光是多么美好，不过你们要长大后才能真正感受到。

一

那时候没去过太多地方，没见过太多的人，门前的一花一草，在心中都占着重要的位置。

矮矮的破旧的院墙上，土褐的瓷盆中堆满了兰草，白黄或淡紫的花瓣，在长长的绿叶中不失素雅。一到春天和秋天，整个屋院都迷浸在幽香中。外婆每次总会精心挑选，将最繁最香的两盆搬进客厅，等花期过后再搬出来。

院外靠墙边有块小平地，一棵高大的青果树格外显眼，一半枝丫伸进院里，枝叶总是茂盛，给每早扫地的我带来不少麻烦。果子也很繁多，一簇一簇地带着叶子，缀弯了枝条，口味苦涩，回味甘甜，却不是我的最爱。外公喜欢用它泡茶，说是清热去火，对缓解高血压很有好处。外婆喜欢拿果子去卖，每年的老顾客几乎是预订疯抢，一拿到摊位就被一扫而空。

青果树旁，除几枝玫瑰外，还有两棵桂花树，和兰草的花期不在同一时。我一直在想它们同时开花会是什么味道。看着金黄密簇的花朵，课文每次提到它时总是连带着月亮。比起太阳，我一直以为是月亮将它们滋养。

再往外隔条土路，是片苦竹林，很密，难以过人，鸡若跑进去，我就被外婆喊去大显身手。从品种和年龄上看，苦竹林和屋后的竹林应该是姐妹，半围着屋子。风一起，叶子擦着叶子，屋前屋后簌簌作响，似一片绿海在翻滚。

屋子的左边隔条土路是外婆的小茶山，茶树和我差不多高，行行列列，很是整齐。这是唯一没被拿出去卖的，虽然多，但是烘干后被家里亲戚各家分分，也就没了。茶山再过去是白鹭林，它们不知何时迁徙到这里安家。白鹭一到夏天就飞回来，在林间时起时落，远处看去翠绿的林间一层白浪起伏。

我住在一个山湾，屋后也就是山的背后，从薄的地方往下走就能看见公路，遥对着此地最高最有名的五老山。两山夹着一片宽阔的平原，山脚住着人家，中间多是稻田。公路与河流将平原横向三等分，左方通往集市，右方通向县城。

屋前往右是个下坡，通向对山的田地。旁有梨树，已相当年迈。果子老是遭虫，疙瘩遍布，硬一块甜一块的。路傍着田走，田尽处就是我的天堂。橘子树、猕猴桃树、樱桃树、李子树在婆婆的地坎边连成片，当然只有一小半有幸能被我吃掉，大部分是婆婆背到集市上去卖了。

山湾里分散着十一二家人，有些半带点亲戚。聊天基本靠吼，干活时这山对着那山喊话，不时别的人家会跟着搭话。一把锄头一壶茶，彼此聊着天，就是一个晌午或晚夏。

那时的太阳很温柔，即使在热辣的夏天也不刺痛。田地里从不单调，蚯蚓、蟋蟀、螳螂以及不知名的小虫欢腾跳跃；一到晚上，不知藏在何处的青蛙就开始奏鸣，草丛间的萤火虫悄然浮游。

那时的人家仿佛心有灵犀，种地的地方成片种地。春秋轮转，田间稻谷齐种齐割，地里的玉米、红薯、芋头、白菜、辣椒、黄瓜、豇豆种收了一年又一年。有年外婆搞新品种，种了一架葫芦和蛇豆，我是欢喜得不得了。“葫芦娃”算是凑齐了，只不过爷爷换成了外婆。等到成熟后，我才得知外婆的目的，原来是想尝尝它们的味道。等到经切片油炒端上桌时，苦得我们围着桌子“呸呸呸”。

那时还没有机器，最大的生产力就是齐心协力。一家收谷全湾上，这家收完换下家。大家白天干活儿，晚上喝酒聊天。

那时一家鸡鸣，整湾听见。记忆与现实连成一片，十几年里仿佛一成不变。

二

那时候没去过太多的地方，没见过太多的人，有人对我好，我就能铭记一生。

外婆总是在忙，操持着家里的一切，不是在地里干活儿，就是在集市上卖菜。外婆留着一头短发，未染白霜，身材瘦小，脸颊瘦削，却能背起一背篓小山包似的红苕藤。她手上满是老茧，黝黑的皱皮，臂上血管凸起，像青色的藤蔓缠在上面。她唯一的爱好是喝白酒，干活累后、逢年过节，总要小酌几杯。因为饭总是她做，零食总是她给，身上起痒时总是她去山里找药材熬水给我泡澡，所以后来吃饭时总是会想起她，吃零食总是会想起她，但后来在夏天起痒时再也没有她熬的中药水给我泡澡了。

外公是村支书，身体不大好，经常不在家。我们老是争夺家里那唯一一台电视机的所有权，他喜欢关注“海峡两岸”和“新闻联播”，我却喜欢看动画片。为了两不伤害，我们后来拟定电视条约：6点半前电视归我，6点半后归他。我们也有相同点，就是喜欢看抗战剧和武侠剧，因此晚上大家就一起围坐在灶屋看那三集黄金剧场。

舅舅、舅娘没搬走前，早晨总是搭舅舅的摩托车去学校，周末总是和舅娘一起去赶集。她每次都要买东西给我吃，犹爱狼牙土豆，那时才5角一碗。他们去吃喜酒时也经常带我去蹭吃蹭喝，3个人挤在一辆摩托车上。有一场烟花，至今还在记忆中绽放。有一次，在二姨家过年时，我扭着舅娘的手哭天喊地说想回家，闹着往回走，而不认识另一旁的爸妈。

对于爸妈，我那时确实没太多的印象，也没有注意到他们的缺席。小时候的世界，一切都是那么自然。出生在这个山湾，和外公外婆一起生活，住在舅舅家的对面，家被山围着，村镇被群山围着。头上是天，晴光和暖，雨水清洁，白昼、黑夜、星空，万花筒似的在反复转着。脚下是山野，地里的蔬菜随季节变换，山上的树色在风中换衣。优哉游哉地上学读书，蹦蹦跳跳地放学看电视，直到读完小学后我才知道，还得读初中。

家贫从未见名川，未知名川不及家。长大后，我去过很多地方，认识了很多人，可世界再没有像那时那么完整过。一台电视机、一条狗、舅舅舅娘、外公外婆、远方的爷爷奶奶，以及山湾里的一草一木，世界如此小，小得像萤火虫的尾巴。

现在，这些如天上的星空一样遥远。

遥远的记忆里，似乎什么都破破烂烂，房子破旧，桌椅老化，碗上都起了裂纹，可有一点，人很好。

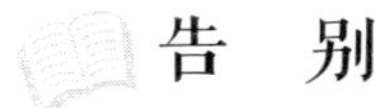

告　别

人的一生会告别很多人，有时候你只能呆呆地伫立在原地，既不能挽留，也不能追随，静静地看着它随风渐远，慢慢地幻化成天边的云霞，遥挂回忆深空。

不期而遇，转瞬即别。萍水相逢，像两颗微小的星星，在茫茫宇宙中偶然地无限靠近，然后向各自的轨道渐行渐远，消失在茫茫星海之中。

不期而遇，期久成友。犹如一个个漫长人生道路上的公交站台，有些站台叫邻伴、有些站台叫同窗、有些站台叫同事，人人都从站台经过。遇见或分别，带走什么或留下什么，从一个人，到一群人；从一群人，到最后的三三两两。而有三三两两，已然足够。

久遇成友，久别陌生。很多朋友说，从前初高中时无话不谈的好友，因大学异地，渐渐地就断了联系。后来偶尔联系，话语如旧，但中间总感觉隔着一条河，人在两地，心隔两岸。

世界偌大，既充满惊喜，也充满无常。

在这一见一别之间，有多少人会留意？有多少人会留心？有多少人相视而笑？有多少人默然前行？有多少人会对我留意？有多少人会对我留心？

一见一别，或许是在一个突如其来的瞬间，来不及说一声再见；或许是初高中各三年，说好再见，却至今未能再见；或许是室友四年，一别人海两茫茫。世界浩大，人生匆忙，那些陌生的，不必刻意去熟识；那些熟识的，不必牵强去联系。只是望着夜空的星，每每会将他们想起；只是看着相似的人，原来还没有将他们忘记。

“你所遇见的每一个人，所做的每一件事，都是你生命的一部分，成就今天的你。”

人海万千，曾为几人系归心？

人生一世，会与多少“萍水客”有一面之缘，然后相忘如风？

一见一别，是惊喜、是缘分、是注定、是无奈。

一见一别，有忽略、有遗忘、有怀念、有期待。

夜夜望君眸如水，素月遥辉泛涟漪。

初到木龙，皓月当空，繁星满天，山林如洗，泉声清耳，我静立窗边，久不见山林星月的内心泛着夜海的欣喜。然而，除了呆呆凝望，望着山头偌大的橙月静挂夜空，望着满天的繁星安宁闪烁，我木然得像这扇窗，伸出双手，竟握不住一丝风。想和好友分享，照片和话语竟是如此苍白。

有一种因美好掀起的无力感，席卷我心。

有一晚，妈妈突然来电话，说当月13日是外婆的生日。不论是因为时间，还是路途或是疫情，我都赶不回去，妈妈说那就叫表姐帮忙订个生日蛋糕表下心意吧。我一向对生日、节日不太注重，更不喜欢这种刻意带形式感的东西，

“我都回不去，搞这样的形式有何意义呢？”

“这可能是你外婆最后一个生日了。”

有一种因悲伤掀起的无力感，席卷我心。

人生漫长，无奈寻常，一见一别，我们该以怎样的态度和方式对待生命的美好和离别?

看着阳光落在手掌，握不住也抹不掉；看着光阴从指缝中溜走，抓不紧也放不开；看着落花掉进水里而水无情东流，挽得住落花却留不住流水，而挽住的落花也在渐渐枯萎。

人生有一半是在追求，人力可及，理想可触；有一半是在接

受，冥冥注定，无奈无为。拥有和失去，我们该以怎样的态度和方式对待生命的美好和悲伤？

“昔我往矣，杨柳依依。今我来思，雨雪霏霏。”

古人是浪漫的，他们没有对生命本原的执着，而是使情感在艺术宣泄和凝结中得到升华。

东坡悼亡，梦窗梳妆；小晏忆旧，明月照彩云……不论是极度的欣喜，还是深切的悲伤，他们用一把独特的剪刀，将留不住的时光、摸不到的情感，剪化为可视、可闻、可知、可感、可求、可忆的炽热文言。

古人的智慧启示我们，生命因浪漫而变得光彩，缺憾在艺术中得到升华。

一见一别，避不开美好，躲不开悲伤，那不妨大胆一些，尽管去经历吧。等再回忆时，那些掌心溜走的阳光、那些路过而留不住的风、那些苦难带来的伤痛、那些无奈溜走的幸福，种种美好和缺憾，都可以将它变为一首诗、一篇散文，化为一首歌、一部小说。一字字，一句句，无论是对人生的释然，还是对生命的紧拥，如秋之硕果酿为甘甜琼浆，情感因艺术而得到升华，人生因升华而得以圆满。

一见一别，我以浪漫为笔，生活为笺，书写美好，以圆缺憾。

一见一别，一个站台的告别，是另一个站台的遇见。来到彝良木龙，第一次以老师的身份与学生的遇见，最后一次以老师的身份与学生的告别。

见别之间，思前想后，愿用这小小纸笔，去分享生活的美好，传递人生的感悟。

愿用这小小的纸笔，抓住这个契机，与生命中路过的人，认识我的你、不认识我的你、曾认识我的你、还记得我的你，以简素的文字、简约的表达，把我们的见别定格，将生命的美好留下。

留一份念想，藏一份回忆，托一份寄寓。

希望有一天你会因为遇见过我而感到有幸。

希望我见你亦是。

最后一些诉心的话

许多年后，面对人生的失意彷徨，你也许会抱怨你的家庭，不像别人家一样丰厚优渥；也许会抱怨这个地方和学校，抱怨老师水平有限，没有给你更好的教育；甚至会抱怨这个世界，天堂地狱，黑白交错。但你最终也会注意到，那将你的人生一步一步引领到如今的，是你一次又一次的选择。

我们起初都是以弱者的姿态降临到这个世上的，不知一物，不识一字，最初的成长都需要人的守护。给你衣穿、送你饭吃、护你周全、授你教养，再到传你知识、带你见闻、授技解惑，最后你也会成为别人的守护。

这个守护，受时代的影响、受你所处的环境的影响、受家庭的影响。加上不均等的社会发展和个体的不同，人与人之间是存在差异的，总有人比你更好，也总有人比你更糟。

所以，你要明白第一件事："世界的天平从来都是倾斜的。”法律保障的是平等，各种规则缔造的是秩序。因此，你要做的第一件事是不要为自己的处境唉声叹气，而是认可你自己，承认现实，敢于面对它。认清现实、认可自己，才能不轻易迷失，才能找到所处的坐标。这样你足下的土地才会坚实，你的步伐才会稳健，前行才有力量。

世界的天平虽然倾斜，但始终是有天平的。大学虽就那么几所，不是人人都能进，但一开始也没有将你拒之门外。区别在于，有人平地走就行，而你需要爬坡；有人过几条街就到，而你需要翻山越岭。不是盲目自信，但天赋有别，人力有限，而读书已经是目前最坦荡的道路，在尘埃落定前总要去试一下。

所以，第二件事是要坚定一个信念——优异的成绩会让你逐步追平时代的脚步。

不怕暂时的落后，就怕永远的沉沦。

追平时代，但时代的成功者不一定都是值得你崇拜的对象。那些引领时代潮流的人，从个人意义上是成功的，名利双收，却不意味着有价值，值得效仿。网络媒体的发达、手机的诱惑，泛娱乐化在无形和有意中对你还不太成熟的人生观造成影响，所以有一天你要理解一个词——世俗。

每个人的世俗观都不完全一样，人很难不世俗，否则会付出昂贵的代价，但一旦沦为世俗，则会付出更昂贵的代价。唯有心灵不屈的倔强保持灵魂的傲然，永远追逐着一种昂扬的精神。对这个世界，你要多少保持一点和而不同，不针锋相对，也不必格格都入。

成长不是由小孩长成大人，而是由动物变成人，而读书则是一条由人再走向自我的路。你会发现爱读书的人总能对世事有点自己的看法，看法是什么不重要，有看法才重要。

所以，第三件事——独立的思想和自由的精神，能超越世俗的束缚。

别看人生这么漫长，关键就那么几年；别看一生做了很多事，最后影响一生的就那么几件。

这是我曾感受到的三次抉择，而你们的抉择将比我更艰难。

时代在发展，对人才的素质标准要求更高。不像我们这一代，下一代渐渐是素质教育。意思是，成绩优异只是基本，在音乐、绘画、舞蹈特长方面的发展将逐渐成为必备技能。

你们就是下一代。

我所理解的教育的本质问题，不是贫穷和落后的问题，而是差距问题。如果以省为整体，就是市与市的差距，县与县的差距，镇与镇的差距，村与村的差距。这种差距取决于环境和资源的分配。仅我所了解，在教育设施方面，你们是跟上现代化的，投影仪都给你们配上了。但教师的缺乏始终是一个无奈，年轻的教师、优秀的教师，谁不希望往城里跑？

然而，我认为最大的外在条件的差距，是家庭的无奈。为了挣钱养家，父母不得不外出打工，把孩子们的家庭教育交托给爷奶奶。从时代性上看，我与你们都存在着代沟，喜欢的歌、欣赏的动画都已经不一样，何况隔着三代人；从知识教育上看，学前的基础没打好，放学回家后没人辅导，我深深理解你们的成绩差和老师的无奈。唯有品德上倒挺好，你们有一颗健康的心灵和懂事的心。

对你们成长的守护是薄弱的，但不是真的到达无能为力的地步。如果有一个人，拥有的是比你还差的条件，却通过学习和努力改变了人生，就说明即使是目前的条件下，你仍存在改变命运的可能。据我了解，这样的人是存在的，之前存在，现在也存在。你们也听说过，你们也看到过。但可惜的是，你们还没有成为这样的人。

外在的条件是艰难的，由于环境的影响，你们不能自然而然地成为一个强者。但不到无能为力的地步，就还可以人为地去弥补，那个人就是你自己。明知问题在哪里而不去改变，才是真正的无所作为。一旦你有一颗发愤图强的心，那才胜过任何优越的外在条件。这并不是要你们牺牲童年，不是朝六晚十、周末无休地去努力，小学的课程还不至于如此。但最基础的部分你们都没做好，这才是问题的根源所在。如果说一切都是徒劳也就作罢，但明明存在这样的光而不去握住，却眼睁睁地看它黯淡下去，最后黯淡的只会是自己的人生。

很多道理，人总是听到得很早，明白得太迟。

你们不是顽皮，言谈和行为里也能看出你们的懂事。你们已然成为一个健全的人，但成绩上不去，未来就很艰难。学校将是社会流动的主动脉。小学、初中、高中和大学，从某方面讲就是在一步步筛选。心中的抉择决定你是怎样的一个人，行动的抉择决定你会成为一个怎样的人。我起初深感环境的差距对你们的不公，但最后的无奈，是你们缺乏一颗上进的心。很多人没有这样的心，但人生依然在上进。就像肥沃土壤里的树苗，即使根系不发达也能茁壮成长。但在贫瘠的土地，你只有用力扎根、去竭力地汲取养分，才会获得相同的成长，才能超越。

你们早晚会有这样一颗心，生活终究会教会你们一切，希望那时还有这样的机会。如果没有这样的机会，你们也要保持这颗以不屈和倔强维系灵魂的傲然的心。

我有时宽容，有时严厉。我知道你们最喜欢的是哪种老师，而我却没有做那样的老师。当看着你们不仅是知识欠缺时，比起欢笑，我想带给你们更多。纯粹的温和只会让课堂更加闹腾，作业更加潦草。比起教学，我更多的是想给你们教育，因为人本质的差别，是思想的差别。摆动你一生的，是生活；指引你一生的，则是思想。

以前我想象中的支教，像云一样纯净、光一样温和、树一样清新，也许你们想象的老师也是如此。但现实不是，我从没在乎生活的艰苦，真正的艰苦是愿景没有如期而至。也许你们的愿景已落空，但最后你们精心准备的礼物，我仍是感动不已。

希望许多年后，你会明白：真正对你好的人，不是一味地迁就讨你欢喜，而是宽严相加地助你成长。

希望许多年后，你会明白：爱是地狱天堂，你在人间心上。

后记　洒向人间的爱

“只要人人都献出一点爱，世界将会变成美好的人间。”每当想起或唱起《爱的奉献》这首歌曲时，就会自然而然地想起我单位近几年持续接力开展的义务支教，筑梦山区活动。从2014年第一任支教老师李莹去双河村，到2021年底，已经有13名优秀青年赴木龙小学支教。这13名优秀青年就像银河里的13颗星星，将自己闪光耀眼的爱和热血洒向人间，温暖涌沉人们的心田。

2013年底，公司员工李莹提交了辞职申请。公司领导了解情况后，对李莹支教的想法非常认同和支持，决定保留她的工作岗位，支持她无私的支教善举。2014年3月7日，李莹毅然前往云南省昭通市彝良县双河小学开展义务支教。那里虽然自然条件差，交通闭塞、土地贫瘠、经济落后，但是在8个月的时间里，李莹给孩子们送去了知识和快乐，点燃了孩子们的希望和梦想。

其间，公司也多次组织志愿服务队前往双河小学（双河小学后被拆分成木龙、高坎两个小学，从第二任支教老师开始，都是在木龙小学支教），去看望李莹和那里的孩子们。

2015年5月，经公司党政支持，由团委发起的 “筑梦计划——支教山区　爱心接力　助力未来”志愿支教正式启动。公司还制定了文件《中建二局第三建筑工程有限公司“筑梦计划”实施方案》，文件从选拔、竞聘、责任、权利、义务等多个方面作出明确规定，在制度上保障“筑梦计划”的实施。自此，一场个人的自发行为演变成公司集体的爱心聚力，开始向远在千里之外的孩子们传递着祝福和关心。

公司每半年在各分公司中择优选取一名优秀的青年员工代表，前往木龙小学进行义务支教。第一任支教老师李莹，第二任支教老师李宏泽，第三任支教老师程彦杰……时光飞逝，如今，第十三任支教老师都已经结束了支教旅程。8年的时间里，他们从全国各地出发，前往同一个镇、同一个村、同一所小学。13个人，就像13束光，在彝良不断延续，不断汇聚。

这是一群有爱的青年，带着一颗赤诚的心，踏上向南之旅。他们认真备课，努力提升学生的成绩；他们教学严厉，只是因为疼爱那群天真烂漫的孩子，因为他们拥有自然的纯净和灵气，应该去更远的地方看看世界的繁华和宽阔。支教的目的不只是让这些山里的孩子远行，更是想让他们通过远行认识自己、认识世界、找到方向。除了课堂，这群年轻的支教老师还通过各种活动丰富孩子们的生活，比如举办生日宴，冒着山路滑坡的危险也要下山取蛋糕；新年自费购买新衣，传达着美好的祝愿与离别的不舍；举办校园运动会，教孩子们球类运动的技巧……

每一个举动都值得赞扬。公司给予支教老师和木龙小学大量帮助，先后捐赠了数百本图书，希望山里的孩子在书中丰富自己的见闻；在得知木龙小学的一些学生的冬衣比较单薄时，公司寄去了冲锋衣和校服；公司员工认领心愿单，为他们完成小小的心愿……

每一次支教，都是一次爱的沟通和交流，我们将爱带进去，再带着孩子们的爱走出来。13名老师温暖着13群人，老师的某次教诲或某个举动会在孩子们心中留下印记，多年后将成为回忆中不可磨灭的一笔。学生也会成为支教老师的一个牵挂，一想起他们的温暖之举或清亮的双眼，就如清泉淌过心间。

自始至终，我作为组织者和见证者，直接或间接地参加了这光荣又崇高的活动，见证了青年人从青涩到成熟、从平凡到优秀的过程，见证他们逐步成为企业发展的有生力量。

未来，会有第十四任、第十五任、第十六任……只要那里的孩子们需要，公司会将人间大爱、央企担当这项活动延续下去。步履不停，微光不熄。

中建二局三公司工会副主席 何健贵

图书在版编目（CIP）数据

爱的远行：中建二局三公司云南彝良支教随想录 / 中建二局第三建筑工程有限公司编. —北京：中国工人出版社，2022.8
ISBN 978-7-5008-7960-2

Ⅰ.①爱… Ⅱ.①中… Ⅲ.①中国文学－当代文学－作品综合集 Ⅳ.①I217.1

中国版本图书馆CIP数据核字（2022）第144925号

爱的远行：中建二局三公司云南彝良支教随想录

出 版 人　董　宽
责任编辑　葛忠雨　刘广涛
责任校对　丁洋洋
责任印制　黄　丽
出版发行　中国工人出版社
地　　址　北京市东城区鼓楼外大街45号　邮编：100120
网　　址　http://www.wp-china.com
电　　话　（010）62005043（总编室）　62005039（印制管理中心）
　　　　　（010）62379038（社科文艺分社）
发行热线　（010）82029051　62383056
经　　销　各地书店
印　　刷　三河市万龙印装有限公司
开　　本　880毫米×1230毫米　1/32
印　　张　10.125
字　　数　180千字
版　　次　2022年9月第1版　2022年9月第1次印刷
定　　价　68.00元